Augustin Bataille

Doornroo

Willy Spillebeen

Doornroosjes honden

Manteau Antwerpen/Amsterdam

Achtste druk
Omslagontwerp Rikkes Voss
ISBN 90-223-0897-9
D 1992 0065 35
NUGI 300

I

Cindy was acht jaar toen haar vader, die ze al een tijdlang heel bewust niet meer papa maar Walter noemde, voorgoed uit haar leven verdween. Mama had al meer dan eens gezegd dat het tussen haar en Walter – mama zei nooit papa – niet meer ging. Ze zei het de laatste keer meteen nadat er weer zoveel luide woorden waren geweest, die alsmaar luider hadden geklonken, scherpe gillen van mama en dreunende vloeken van Walter, waarna mama ineens op de grond lag en Walter, bulderend en een nog veel grótere toren dan anders, boven haar uitrees. Cindy zat versteend te kijken naar zijn op- en neergaande gestalte en zijn talloze handen en voeten. Ze wilde haar oren dichtstoppen voor al die agressieve geluiden, maar ze deed het niet. Ze zat daar alleen maar, in die fauteuil die veel te groot voor haar was, met Harlekijn in haar armen. En terwijl mama en Walter zo tekeergingen begon ze stilletjes haar pop te wiegen, net of er niets aan de hand was. Ze was doodsbang en tegelijk durfde ze niet bang te zijn. Haar ogen waren wijdopen en glansden alsof ze blind was. Je zou gedacht hebben dat ze er niet echt bij hoorde en dit alles rondom haar ook niet echt hoorde. En zo voelde ze het eigenlijk ook: heel vaak trouwens geloofde ze dat ze niet was waar ze was; een deel van haar, moeilijk te achterhalen welk deel eigenlijk, was elders: daardoor kwam het dat hetgeen gebeurde tegelijk gebeurde en niet gebeurde. Al wist ze natuurlijk ook wel dat het allemaal gebeurde! Ze zat daar in die fauteuil en keek naar dat kluwen mama-en-Walter. En toen hoorde ze ineens mama kermen: 'Smerige bruut, denk toch aan het kind!' Pas nadat Walter opgehouden had met slaan en schoppen en wegging, realiseerde ze zich, tegelijk met die keiharde slag van de deur, dat zíj dat kind was geweest. Ze zat nog een hele tijd muisstil; toen begon ze met een ijl stemmetje te praten tegen Harlekijn, maar hield ook daarmee op omdat mama op de grond bleef liggen en griende. Ze gleed uit de fauteuil op de grond, liep op wankele beentjes naar mama toe en vroeg of ze pijn had. Mama zei 'Ja' en griende verder. En toen ook zei mama voor het laatst, met een stem verstikt door tranen: 'Het gaat niet meer tussen Walter en mij.' Cindy kende die woorden al lang, ze meende zich nu te herinneren dat mama ze altijd weer uitsprak nadat er van ergens uit het huis gegild was en gevloekt en vervolgens, altijd door Walter, met deuren was geslagen. Als het niet goed ging tussen mama's en papa's, dan klonken er luide woorden en luide vloeken, en soms ook klappen, dat was wat Cindy ervan begreep.

De weken daarna schreide mama ook vaak tijdens de dag, misschien omdat Walter nooit meer thuis was. Ze kon soms plots hartstochtelijk haar armen rond Cindy's schouders slaan, zodat deze haast geen adem kon halen. Cindy keek dan telkens met iets van verbazing naar mama's haarwortels die veel donkerder waren dan haar eigenlijke haar en naar een blauwe kronkel in haar hals die heen en weer bewoog als een diertje. Mama zei iedere keer dat Cindy niet op haar moest letten – dat was omdat Cindy op een keer ook aan het huilen was gegaan, zo maar: haar grote wijdopen ogen hadden zich plots gevuld met tranen die neerdrupten in mama's hals, mama was ervan geschrokken en had huilend Cindy's wangen droog gekust. 'Niet huilen, kindje', zei ze, 'asjeblief, niet huilen!', waardoor Cindy pas heel hard huilde, met snikken vanuit haar keel... Mama zei toen ook nog dat ze geen pijn had, ze had alleen maar verdriet. En verdriet was iets dat vanbinnen knaagde, zei ze. Cindy geloofde dat het een soort worm moest zijn; ze dacht aan dat bewegende diertje in mama's hals en het leek haar allemaal erg gruwelijk. Mama zei ook nog, alsof ze tegen zichzelf sprak, dat haar verdriet met Walter te maken had. En ook met die keer dat ze op de grond had gelegen: 'dat weet je nog wel Cindy, zoiets vergeet een mens nooit, en het was niet de eerste keer, kind.' Maar voor Cindy bleef het toch allemaal onbegrijpelijk.

Op een keer kwam ze thuis uit de school en daar zat een vreemde heer. Mama zei dat het een oom was. Mama was kennelijk verrast dat de school zo vroeg uit was, wat Cindy niet begreep: de school was niet vroeger uit dan anders. Mama leek zelfs een beetje boos. De vreemde suste haar. 'Daar kan het kind toch niets aan doen, Regina!' zei hij. Cindy kwam de heer braafjes een handje geven. Ze zei: 'Dag oom' en toen moesten mama en de vreemde oom lachen en hij keek even naar mama en knipoogde. Cindy vond hem wél sympathiek. Die sympathie was er niet meteen geweest toen ze hem zag, die kwam opeens toen ze dicht bij hem stond: hij rook naar sigaretten, precies als Walter had gedaan. De hele tijd dat de vreemde oom er zat, deed mama onnatuurlijk uitgelaten. Ze lachte schel en de oom lachte ook en opeens gaf hij mama een zoen, zoals Cindy het Walter vaak had zien doen, vroeger, vóór mama zei dat het niet meer ging tussen hen. Mama zei meteen, olijk geschrokken: 'Maar Frank, denk toch aan het kind.' Frank grinnikte alleen maar even en knipoogde naar Cindy die er met wijdopen ogen bijzat precies of ze er niet was. Ineens, misschien door mama's woorden, zag ze die scène weer met mama op de grond en Walter boven haar. En het verbaasde haar dat de anderen niet zagen wat zij zag en vooral, dat ze aan haar gezicht niet zagen dat zij die scène wéér zag gebeuren. Maar haar gezicht was volstrekt onbewogen, dat wist ze tegelijk ook. Toen zei die oom: 'Cindy trekt zich van ons niets aan, is het niet zo, Cindy?' Cindy antwoordde niet, ze keek met haar bolle, glanzende ogen dwars door hem heen. 'Zie je wel', zei de man, 'ze heeft me niet eens gehoord. En overigens, Regina', zei hij, 'ze zal ons nu wel vaker samen zien, is het niet?'

Na enige tijd dacht Cindy eraan dat het lang geleden was sedert ze die oom Frank thuis had gezien. Ze vroeg uitleg aan mama, die schreiend zei dat hij niet meer zou komen. 'En Walter', vroeg ze toen, 'wanneer komt Walter terug?' Mama reageerde plots heel boos. 'Die wens ik nooit meer te zien', zei ze. 's Avonds, in haar bed, dacht Cindy daaraan. En ze vertelde het aan haar pop Harlekijn. Ze had een hele bende poppen, maar alleen

Harlekijn duldde ze 's avonds in haar bed. Hij was veruit de mooiste van allemaal met zijn lange witte broekpak met zwarte bollen erop gestikt, zijn ronde kraag van zwarte kant en dat gekke zwarte mutsje op zijn harde jongenskop. Cindy zei soms, als niemand het hoorde, dat ze verliefd was op hem. Ze hield vooral van zijn heel melancholieke gezichtje en zijn grote droevige ogen waaruit één enkele zilveren traan was gelopen die halverwege zijn wang was gestold. En die avond vertelde ze tegen Harlekijn over Walter die ze al zo lang niet meer gezien had. 'Je weet wel, Walter, ik heb jou van hem gekregen, Harlekijntje', zei ze. En ze schreide en zei dat ze schreide omdat mama schreide. Maar meteen las ze in Harlekijns grote ogen dat hij haar niet geloofde. Dus moest ze wel de waarheid zeggen: dat ze schreide omdat papa die Walter heette haar al zoveel weken nooit meer op zijn rug naar bed droeg; haar nooit meer in bed stopte; nooit meer op haar kamer bleef treuzelen; en ook nooit meer met zijn zware, warme, harde en toch zachte hand onder haar hoofdje naar haar vrolijke gebabbel zat te luisteren. 'De papageur is niet meer in de kamer', zei ze tot haar schreiende Harlekijn. En toen geloofde ze dat Harlekijn dààrom schreide en ze schreide toen ook weer, heel hard, ze kroop zelfs snikkend onder de dekens weg opdat zíj alleen het zou kunnen horen. En toen ze daarna wat bedaard was, zei ze, een beetje zoals juffrouw op school het deed: 'Maar natuurlijk komt papa me niet meer toedekken, Harlekijntje, papa komt nooit meer naar huis.'

Avond aan avond, in de warme stilte van haar bed, dacht ze daar weer aan. Dat het al zo lang geleden was dat ze Walter had gezien. Dat het nog langer geleden was dat hij haar naar bed had gedragen. Toen noemde ze hem nog 'papa'. Hij zette haar op de toren van zijn schouders, iedere keer als hij thuiskwam van zijn werk. Hij bestuurde zo'n enorme vrachtwagen-met-oplegger, Cindy had al een paar keer naast hem mogen zitten in de kussens die precies roken als hijzelf. Ze had vol bewondering gekeken hoe haar papa dat grommende monster deed gehoorzamen en naar zo'n reusachtig gebouw rijden, een gebouw nog veel groter dan de school. Papa was lachend uit de vrachtwagen gesprongen en had haar 'hop' op de grond neergezet. Cindy geloofde toen dat haar papa in dat gebouw de baas was, helemaal alleen. Maar toen ze dit eens tegen mama had gezegd, had die een beetje vreemd gelachen, met zo'n spottend trekje rond de mondhoeken, precies of het niet waar was. Iedere keer dat papa thuiskwam zat Cindy daar dan heel hoog, op die benige schouders. Ze hield zich vast aan zijn dikke zwarte haar en zijn harde baard prikte kietelend in haar opgetrokken beentjes. Ze zat in die doordringende papageur van mensenzweet en warme olie en zeep en sigaretten. Allemaal erg lekkere geuren, vond Cindy, maar dat was niet de mening van mama, die in die tijd altijd beweerde dat papa stonk als hij uit de fabriek thuiskwam. Hij moest zich eerst gaan wassen, daarna pas mocht hij met Cindy spelen. En hij zou ook veel beter ophouden met roken, meende mama. Cindy vond dat niet, het hoorde bij de papageuren. Als papa niet meer rookte, zou het huis niet langer naar hem ruiken, maar naar mama's zoeterige parfums. Die roken ook wel lekker, maar dat was een ander soort geur. Mama kon soms heel vervelend zijn: zíj was het die iedere avond weer beval, ja beval, en iedere avond te vroeg natuurlijk, dat Cindy naar bed moest. Gelukkig maar dat papa haar dan op de toren van zijn schouders liet klimmen en haar naar boven droeg – pas op voor het trapgat! iedere avond opnieuw, en als papa het vergat te zeggen, kraaide Cindy het – en op haar kamer nog een hele tijd met haar zat te praten. Eigenlijk was zij het die praatte, maar papa had dit nooit door. Ze vertelde honderduit over de school, de vriendinnetjes, de pop Harlekijn die ze van papa gekregen had voor een van haar verjaardagen. Vaak ook sprak ze over de hond die papa – en zij vooral – graag wou hebben. Dat deed ze sedert die keer dat papa erover was begonnen aan tafel: 'Cindy, zou jij niet graag een hondje hebben? Jan Peeters wil je er eentje geven. Dat zou toch leuk zijn, Regina!' Tegen mama, die zich meteen vreselijk had opgewonden en gegild had – waarom toch? – dat er nooit zo'n beest in huis zou komen. Papa had verongelijkt gezwegen en Cindy had met hem te doen. Sedertdien sprak ze met die schijnbaar argeloze berekening van haar, over die hond. Ze begon er meestal over als papa al aanstalten maakte om op te staan en weg te gaan. Ze sprak dan op een samenzweerderstoon, die papa erg amuseerde, want hij lachte iedere keer schallend 'hahaha'. Ze zei, net of ze papa moest troosten: 'Die hond zal er wel komen, papaatje, ik zal mama ompraten.' Cindy zag de pretlichtjes twinkelen in papa's lichtbruine ogen en ze spiegelde zich in die ogen van hem. Zo kwam het dat papa zich iedere avond een beetje bruusk van haar moest losmaken. Hij zei dan dat hij naar mama toe wilde. Of dat er een televisieprogramma was dat hij wilde zien. Of dat mama niet graag had dat hij zo lang bij Cindy bleef. Of dat Cindy moest slapen. En iedere keer, als hij het licht uitdeed en de deur dichttrok, zuchtte Cindy zalig en rolde zich tot een bolletje op in haar bed, met Harlekijn stevig in haar armen geklemd. In die tijd geloofde ze dat ze het meest van haar papa hield, al vond ze mama ook wel lief. Maar papa was altijd lief, en mama niet, dacht ze vóór ze insliep.

Zo was het gesteld met Cindy, die in een drukke straat woonde en 's avonds vaak niet in slaap raakte omdat zovele auto's en vooral vrachtwagens huilend onder haar venster optrokken vanwege de verkeerslichten verderop. Cindy hoorde vooral de vrachtwagens soms uitnodigend grommen, en ze lag erover te denken om met zo'n gevaarte mee te rijden, verweg... Maar ze vergat dit altijd weer omdat ze niet wist waar ze dan wel naartoe had kunnen gaan. 's Avonds viel ze pas heel laat in slaap; ze zei altijd tegen mama dat al die auto's haar wakker hielden, maar dat was het niet; ze wachtte op een soort wonder: papa, ineens niet meer Walter, maar wéér papa, zou komen om haar een nachtzoen te geven en dus moest ze wakker blijven. Maar papa kwam niet, het was altijd mama die heel voorzichtig de deur op een kier deed, zodat een lange gouden stok met zacht gekreun vanop de gang in haar kamer viel en geluidloos brak op haar bed. Dan boog mama zich over haar heen en Cindy kneep haar ogen stijf dicht. Maar iedere keer had mama door dat Cindy nog niet sliep. 'Misschien zullen we weer eens moeten verhuizen', zuchtte mama. Cindy herinnerde zich niet dat ze vroeger ooit verhuisd waren, maar ze was toen nog te klein om het zich te herinneren, zei mama. Zo verloor Cindy haar geloof in wonderen.

Toch was zelfs die tijd niet echt onplezierig. Tijdens de dag ging Cindy naar school en vergat urenlang dat Walter niet meer naar huis kwam en dat mama vaak verdriet had. Al vond ze ook dat mama's verdriet ondertussen minder erg was geworden. Misschien was die worm wel dood. Ze keek soms schichtig naar mama's hals – die kronkel bolde inderdaad niet meer op als vroeger. Maar iedere avond, van zodra ze met de schoolrij vóór de groengeschilderde, afbladderende deur stilstond en, nadat ze aangebeld had, in mama's glimlachende gezicht keek, was het er allemaal ineens weer. Het gebeurde telkens met een schokje. Verdriet en vreugde tegelijk. En dat was heel verwarrend. Op een keer bedacht ze in haar bed dat haar dag eigenlijk uit twee stukken bestond: de dag zelf was vreugde, de avond en de nacht waren verdriet. En de overgangen tussen die twee, dat was 's morgens, als ze de school binnenstapte en mama vergat en 's avonds, als ze voor die afbladderende huisdeur stond, die zich even daarna met mama opvulde. En wéér dacht Cindy, verwonderd over zichzelf, dat er misschien toch twee Cindy's waren en dat er altijd één aanwezig was en een andere niet. Het was haar een raadsel waar die andere dan was en ze vroeg zich af wie ze daarover iets kon vragen.

Walter had blijkbaar met mama gebroken om redenen die Cindy nooit helemaal duidelijk zouden worden en waar ze zich ook geen vragen rond stelde. Misschien hield hij inderdaad meer van die andere vrouw – Cindy kende haar niet, maar mama wel; ééns, lang geleden al, had ze zich laten ontvallen dat die andere Walter betoverd had. Mama had toen ook gezegd dat die vrouw kinderen had. En Cindy had daaruit besloten dat Walter meer was gaan houden van die andere kinderen dan van haar. Eigenlijk noemde ze hem pas sindsdien in gedachten heel bewust Walter, gewoon omdat iemand die meer van andere kinderen hield dan van haar, onmogelijk langer haar papa kon zijn. Mama had die keer dat ze het zei teveel whisky gedronken. 'Omdat ik zo alleen ben', zei ze. En ze schreide die whisky allemaal weer uit. Toen had ze ook gezegd dat ze die andere vrouw haatte. Cindy begreep dit laatste niet, maar ze voelde wel aan, door de donkere stemtrilling van mama en haar héél harde, boze ogen, dat haat iets ergs moest zijn. Die avond had ze daarover liggen nadenken. Ze had gedacht dat ze misschien die andere kinderen óók haatte, en in het haar zou vliegen, als ze hen ooit zou ontmoeten. Maar vóór ze insliep hoopte ze dat ze die kinderen nooit zou ontmoeten en zeker nooit die vrouw. Ze zei angstig bij zichzelf: 'Die vrouw is een heks.' Die had beslist haar papa betoverd, zodat hij niet meer van haar kón houden. Ze had

toen meelij gevoeld met haar papa, jà papa, want tegen een heks kan je niets beginnen.
Maar 's anderendaags was ze het allemaal weer vergeten en ze noemde hem weer Walter. En op een keer zei ze tegen Harlekijn dat ze nooit meer van Walter wilde houden. Eigenlijk had ze Harlekijn willen vragen of ze nu nog wel van Walter kón houden en of Walter ooit nog wéér haar papa zou kunnen worden. Maar Harlekijn keek haar met zijn grote betraande ogen aan. Ze werd plotseling onredelijk boos, ze begreep niet echt waarom, maar met dezelfde harde ogen als mama zei ze: 'Je bent een dom kind, Harlekijn, jij zegt ook nooit iets.' En ze gooide Harlekijn op de grond. 'Je slaapt niet meer bij me!' zei ze, maar even nadien raapte ze hem toch weer op en drukte hem tegen zich aan.

Alles wees er na enige tijd op dat Cindy haar vader vergeten was. Ze vroeg nooit meer naar hem; ze sprak ook nooit meer over hem. Dit laatste had ze vroeger ook nooit rechtstreeks gedaan. En ze scheen het nu heerlijk te vinden met mama alleen. Soms was er 's avonds nog even een vage gedachte aan Walter, als mama de slaapkamer binnenkwam en er haar geur achterliet, een zoeterig, geparfumeerd zweet, wat Cindy niet lekker vond ruiken. Mama deed altijd erg aanhalerig en zei dat ze het samen toch maar heerlijk hadden, dat Cindy alles kon krijgen wat ze maar wenste, alle speelgoed en zoveel poppen en poppekleertjes als ze wou. Cindy dacht dan telkens weer dat ze eigenlijk alles al hàd. Toch, op een keer zei ze, zomaar flapuit: 'Mama, ik zou graag een hond hebben.' Ze wist toen niet eens waar die hond vandaan kwam, hij was er blijkbaar nog altijd. Hij had al die tijd in een hoekje van haar hoofd gelegen, met de kop op de voorpoten en grote lichtbruine ogen en voortaan zouden zijn ogen haar de dag door volgen en ze zou er zich in spiegelen, en ze geloofde ook dat hij nu kwispelde met zijn staart van zodra hij haar zag. Mama deed meteen een beetje uit de hoogte, ze trok haar mondhoeken omlaag op de manier die Cindy goed kende. Als ze dat deed, betekende het dat ze zich moest beheersen om niet te slaan. Ze sloeg ook nu niet, ze zei alleen dat Cindy een dom kind was. Een hond was vuil en lawaaierig en zou haar omver springen als ze uit de school thuiskwam. Cindy keek scherp naar mama's gezicht, ze zag dat ze loog. Ze had overigens al gelogen toen ze zei dat Cindy alles kon krijgen wat ze maar wou. Cindy stampvoette even op de grond, maar mama vloog lawaaierig en schel uit: zij (mama) had godverdomme al genoeg om het hoofd. Mama vloekte niet vaak, maar als ze het deed werd haar gezicht ineens vertrokken en lelijk. Cindy ging toen gedwee naar haar slaapkamer. Tegen Harlekijn zei ze, vlak voor ze insliep, dat ze graag een hond wilde en toen, als van heel ver, kwam Walter terug; hij liet verstaan dat hij ook een hond had gewild en er evenmin een had gekregen van mama. Misschien was hij wel daarvoor weggelopen, dacht ze even, maar neen, dat kon niet, want zij had toch ook geen zin om daarvoor weg te lopen en zij was nog een kind. Zo kwam haar vader terug, eerst als zomaar een vreemde man, vervolgens als Walter en tenslotte helemaal als haar papa die haar naar bed bracht en die ze moest troosten met de belofte van een hond. Ze schreide niet, maar voelde iets knagen in haar borst, daardoor was ze ineens klaarwakker. 'Ik heb verdriet', zei ze tegen Harlekijn, 'er zit echt een worm hier, in mijn borst.' Maar nu die worm in hààr borst zat, leek hij ineens minder gruwelijk.

Intussen leek mama ervan overtuigd dat Cindy haar vader volkomen vergeten was. Maar mama wist niet dat Cindy besloten had vanaf die avond te treuren, en op hem te wachten, zoals ze nu ook op die hond zou wachten. Ze probeerde zich haar vader, die in haar gedachten wéér papa was, voor te stellen, maar het lukte niet, en ook daar was ze verdrietig om. Maar eigenlijk waren ook dat maar gedachten van een paar avonden: Cindy's vader bleef gezichtsloos, even gezichtsloos als die hond en samen verdwenen ze tenslotte, als in een mist die alsmaar dichter werd.

Na die vreemde oom die thuis zat toen ze uit de school kwam, en daarna vaak kwam, en daarna niet meer kwam, kwamen er opeens vrij geregeld mannen naar haar huis in de rij. Cindy was dit vanzelfsprekend gaan vinden. Mama zei dat het allemààl ooms waren en Cindy stelde zich daar geen vragen bij. In het begin deden ze haar geen ogenblik aan haar vader denken, al kwamen ze wel degelijk voor mama. Wel herinnerde ze zich vaag dat er vroeger al, toen mama nog met Walter samen woonde, af en toe een man langskwam. Maar de jongste tijd zat er haast ieder keer, als ze uit de school thuiskwam, een man in de salon. Mama kwam trouwens niet meer zelf de deur opendoen, Cindy was groot, ze had ook een sleutel. Mama zei dat ze voortaan vaak afwezig zou zijn. Dan moest Cindy in de woonkamer – en nergens anders (mama's dreigende vinger!) – alleen blijven en een beetje televisie kijken totdat mama kwam. 'Hoor je Cindy, in de woonkamer!' En ook als er iemand op bezoek was, moest ze mama met rust laten. Soms kwam zo'n bezoeker dan een handje vragen, vóór hij vertrok. En Cindy reikte hem met een stralende glimlach en een onverschillig hartje haar kleine hand. Het viel ook af en toe voor dat zo'n oom haar hand kuste. Zoals bij een prinses. Dat vleide haar. Misschien was ze inderdaad een prinses, temeer daar mama Regina heette, en dat betekende 'koningin'. Mama had dit ooit gezegd. Ook gebeurde het dat zo'n oom haar geld toestak. De eerste keer had ze het willen weigeren, ze vond het kleinerend voor een prinses om geld aan te nemen, maar mama zei dat ze het moest aannemen en 'dank u, oom' zeggen. Dus deed ze het, maar ze meende het niet.

Na korte tijd deelde Cindy de vele ooms in twee soorten in: zij die haar gedag kwamen zeggen en daarbij haar handje kusten: die wisten wie ze was; en de anderen, zij die geld gaven of alleen maar een lompe hand: die wisten het niet. Tenslotte waren er ook nog die helemaal niets kwamen zeggen; maar die telden niet mee, dat waren vreemdelingen. Even nadien maakte ze een nieuwe indeling, vrij plotseling eigenlijk omdat ze die geur herkende: zij die dezelfde geur hadden als haar vader, en zij die anders of helemaal niet geurden. Wel verwarde het

haar soms dat de eersten niet altijd wisten dat ze een prinses was, en soms zelfs niet eens vriendelijk tegen haar waren. Haar vader had natùùrlijk geweten dat zij een prinses was. Maar dan bleef het toch maar een raadsel waarom hij weggegaan was. Soms liet mama zich door zo'n oom knuffelen, waar Cindy bij was. Cindy keek dan altijd héél opzettelijk afwezig, precies of ze er niet was. Maar het verwarde haar iedere keer. Ze wilde er mama ook uitleg over vragen, maar mama deed telkens erg verveeld nadat zo'n oom vertrokken was.
Soms ook gebeurde het dat mama met iemand boven was, als Cindy uit de school thuiskwam. Ze wist het altijd meteen. Ze zag het aan een vreemde overjas aan de kapstok; of ze hoorde boven gedempte geluiden. Ook hoorde ze dan altijd weer zo iemand stilletjes weggaan, langs de trap, in de gang. En dan kwam mama even nadien de woonkamer binnen en deed verbaasd dat Cindy al thuis was. 'Wat gaat de tijd toch snel!' Mama zei dan dat ze hoofdpijn had en in de slaapkamer wat was gaan rusten. Mama loog, dat wist Cindy goed genoeg. Waarom loog ze toch? De eerste keer geloofde Cindy dat de dokter was geweest, maar mama zei niets en Cindy vroeg niets; later, nadat het al een paar keren was voorgevallen, en mama telkens weer loog, merkte Cindy ineens dat mama die geur van zweet en tabak en zeep dwarsdoor haar parfum de woonkamer binnenbracht, die papageur van vroeger. Toen begon ze te vermoeden dat die vreemdeling altijd dezelfde was, Walter. En dat die geen gedag tegen haar kwam zeggen omdat hij niet meer van haar hield.

Vanaf die tijd zei Cindy af en toe tegen Harlekijn dat ze nieuwsgierig was en wilde weten of die vreemdeling echt Walter was. Misschien zou ze slaag krijgen, maar dan zou ze ook slaag verdienen. En trouwens, wie weet lag het niet aan haar dat Walter niet meer van haar hield? Daarvoor alleen al verdiende ze een pak slaag. Ze maakte er een vaste gewoonte van, telkens als mama niet in de woonkamer zat en niet in het salonnetje, om haar boekentasje op tafel te leggen en zonder meer de trap op te klimmen. Dat vond ze zelfs een beetje avontuurlijk. Maar iedere keer, zelfs terwijl ze nog langs de trap naar boven sloop, wist ze, dat ze straks met spijt zou staan kijken naar die lege kamer, dat opgemaakte bed en die kleine gestalte in de spiegel van de kleerkast. Ze wist het, maar ze had niet kunnen zeggen hoe ze het wist. Misschien wel omdat die geur er niet was...

Op een keer, nadat ze al vele keren naar de slaapkamer van mama was geklommen, kwam ze thuis en wist héél zeker dat Walter boven was. Het huis was doodstil, het ademde als een mens die bang is. Cindy dacht dit meteen toen ze aan de kapstok een overjas zag, die ze niet kende. Walter had zo'n overjas gehad, dat dacht ze toch... Ze wreef even haar gezicht in de prikkende stof en snoof meteen die papageur op. Stilletjes opende ze de deur naar de woonkamer. Niemand natuurlijk. De deur naar het salonnetje. Die deur deed altijd krie.ie.iep. Ook nu. Niemand. Terwijl ze in de deuropening stond, kwam er een geluid van boven. Iets dat leek op gedempte stemmen. Cindy liet de deur open en ging de trap op.

Op iedere trede zette ze haar beide voetjes neer en ze telde er zelfs de treden bij. Ee-een. Twe-ee. Dr-ie. V-ier. De vijfde trede kraakte. De zesde ook, maar stilletjes. Zee-ven. Aa-cht. Negen kraakte heel hard en Cindy's hartje klopte luid in haar borst. Ze dacht dat het misschien door die vele treden kwam. En ze dacht tegelijk dat mama en Walter nu beslist het bonken van haar hart zouden horen. Ze hijgde er zelfs bij. En de tel was ze kwijt. De volgende treden liep ze op, zonder telkens te blijven stilstaan. Nu was ze op de overloop waar drie deuren op uitkwamen. Twee stonden open. Ze keek even haar kamer binnen en zei binnensmonds goeiedag tegen Harlekijn die vanop haar bed bedroefd naar haar keek. De andere deur was voor het badkamertje, daar was niets om naar te kijken. De deur van mama's kamer was dicht. Ze wist dat daarachter iemand moest zijn. Iemand, mama. Misschien alleen. Misschien had ze hoofdpijn. Maar nu hoorde ze duidelijk woorden. Een mannenstem. Walter. Ze vroeg zich meteen af of ze hem nog zou herkennen. Ze dacht: 'Ik zal naar hem toelopen en 'dag papa' zeggen, niet 'dag Walter'.' Ze dacht: 'Ik zal vragen of het waar is dat hij niet meer van me houdt.' Ze dacht: 'Mama zal nu wel heel boos zijn, Walter misschien ook.' Toen duwde ze voorzichtig de slaapkamerdeur open, hield de klink met haar hand vast. Ze vreesde al dat ze weer dat opgemaakte bed en die spiegel zou zien. Maar op het bed lagen twee vormen van vlees in een heel vreemde houding. Tevergeefs zocht Cindy het begin en het einde ervan. Naakte lichamen, en ze bewogen op en neer. Ze keek ernaar, met die grote bolle ogen van haar, wéér precies of ze niets zag. Eerst herkende ze niets en niemand maar na een paar ogenblikken herkende ze een achterste en een heel behaarde rug. Walter. Zijn lichaam lag op het andere, er helemaal bovenop en toen hij zich even hoger oprichtte zag Cindy dat het onderste lichaam mama was. Mama zou beslist gestikt worden door dat zwartbehaarde lichaam van Walter. Cindy stond daar doodstil te kijken, het leek weer net of een andere Cindy daar stond, maar toen herinnerde ze zich ineens hoe Walter met zijn vele handen en voeten boven mama had gestaan. Mama kronkelde nu om vanonder Walters lichaam vandaan te komen, ze probeerde aldoor los te raken, leek het, maar ze slaagde er niet in. Ze hijgde en het was net of ze geen adem meer had. Nu sloeg ze haar hoofd naar links en naar rechts en Walter probeerde haar te bijten en duwde ook met zijn handen in mama's hals. Cindy stond daar nog steeds roerloos in de deuropening en dacht, omdat mama niet meer bewoog, dat ze misschien wel dood was. Maar ineens richtte mama zich op. Cindy meende te schrikken, maar eigenlijk was het de andere Cindy die schrok. Mama zei scherp: 'Arrête!' Ze gooide Walter van haar af en zat rechtop en nu zat Walter ook rechtop, hij zei: 'Mais qu'est-ce que c'est, chérie?' en toen keek hij om en Cindy wilde net zeggen 'dag papa', maar ze zag dat die man Walter niet was. Het was een vreemde man die haar aangaapte en hij had evenveel haar op zijn borst als op zijn rug. Cindy stond daar nog steeds sprakeloos, pas nu was ze écht bang. Mama kwam al naar haar toe gelopen en greep haar bij de arm, het deed gemeen pijn. Ze schreeuwde, hijgend, en haar borsten wipten op en neer: 'Wat kom je hier doen, Cindy, je weet godverdomme toch dat je beneden op me moet wachten! Vooruit, stout kind, vooruit!' En ze gaf haar een lelijke klap tegen haar wang, duwde haar de gang op en sloeg de deur hard achter haar dicht. Cindy wilde roepen dat ze gedag was komen zeggen tegen haar papa, maar bedacht zich nog bijtijds. Terwijl ze langzaam de trap afdaalde, hoorde ze die man hinnikend lachen. Mama lachte eveneens. Cindy nam nu twee treden tegelijk, zonder eraan te denken dat ze kon vallen en dat ze lawaai maakte. Het leek net of ze vluchtte.

Ze klom in de woonkamer op een stoel en zat daar roerloos te kijken naar niets. Een hele tijd later hoorde ze mama met de vreemde man de trap afkomen, ze lachten in de gang en ze hoorde gesmak van lippen en even nadien kwam mama alleen de woonkamer binnen en zei met een heel boos gezicht: 'Lever me zoiets nooit meer, klein kreng. Je hebt een flinke mep verdiend, oom was ook boos. Daarom wilde hij je geen handje komen vragen.' Cindy zei toonloos: 'Die man was geen oom van me.' En toen mama haar vroeg waarom, zei ze 'Parce que'. Zoals mama het soms zei. En een hele tijd later, zonder op te kijken – ze begon net haar pop Flippo een andere jurk aan te passen – hoorde ze die andere Cindy zeggen dat ze gedacht had dat die vreemde haar papa zou zijn. Heel even keek zij, de echte Cindy, mama daarbij in het gezicht. Mama was duidelijk in de war. Ze zei: 'Maar Cindy, wat ben je toch nog een dom kind!'

Wéér een tijd later, toen Cindy uit de school thuiskwam, zaten twee heren in de woonkamer. Ze gaf beiden een handje en zei, zoals ze dat gewoon was: 'Dag ooms!' De heren grinnikten, vooral de ene, die een lelijk gezicht had. De andere vroeg vriendelijk of er vaak ooms kwamen terwijl ze thuis was en wat zij dan deed. Ze zei eerst niets, omdat haar moeder zo streng keek. Maar toen de lelijkste, die het meest gegrinnikt had, brutaal zei: 'Antwoord, en een beetje vlug!', op dezelfde toon als juffrouw, wanneer die boos was, zei Cindy stilletjes: 'Ja'. 'En wat doe jij dan?' vroeg de vriendelijke die geurde naar tabak en helderblauwe ogen had. 'Niets', zei Cindy, 'hier zitten en televisie kijken.' 'En waar is je mama dan?' vroeg de lelijke brutale, nu vriendelijker. Cindy besloot bij zichzelf dat het hem niet aanging. Aan de vriendelijke zou ze het misschien wel gezegd hebben. Ze zei plots: 'Mama zit hier dan ook, hé mama'. 'Weet je ook wie die mannen zijn?' vroeg de vriendelijke weer. 'Ja,' zei Cindy, 'dat zijn allemaal mijn ooms.' De twee heren grinnikten weer. En de lelijke brutale zei tegen mama: 'Je dochtertje heeft haar lesje goed geleerd, Mevrouwtje, ze moet wel véél ooms hebben.' 'Die heeft ze ook', zei mama bits. Ze zag heel bleek, met blauwe wallen onder haar ogen. Ze had zich niet geschminkt, dat was het. 'En weet je dochtertje ook waarom haar vader hier niet meer is?' vroeg nu weer de vriendelijke. 'O jawel', zei mama, 'vraag het haar maar eens.' 'Wel?' vroeg de man, 'zeg het eens kind.' 'Walter is weg', zei Cindy, 'hij heeft mama geslagen en is toen weggegaan en niet meer teruggekeerd.' 'En heb je ook

gezien dat je papa je mama sloeg?' 'Ja,' zei Cindy. 'Zie je wel', zei mama, met iets van triomf in haar stem, 'jullie horen het nu toch zelf!' De heren zaten een paar minuten stil en toen stelde de brutale weer een vraag aan mama, een vraag die Cindy niet begrepen had, maar mama was ineens heel boos, ze zei dat het ze allemaal niet aanging en dat ze konden ophoepelen, allebei. Mama was plots erg brutaal, maar Cindy vond dat ze gelijk had. Al vond ze die ene toch wel sympathiek.
De twee heren vertrokken en mama zei dat Cindy beter helemaal niets had gezegd over die ooms, en dat ze het nooit meer moest doen. Maar dat van die slagen, dat was heel goed. Wat een brutale kerels waren dat toch, zei mama. Cindy vroeg wat ze hier kwamen doen, en wie ze waren. Maar mama zei, nog steeds boos, dat ze er niets meer over wilde horen. En even later zei ze toch: 'Goddomme, daar zit Walter natuurlijk achter!' Maar ze zei het precies of ze tegen zichzelf sprak. En weer even later, zei ze gekalmeerd dat Cindy het allemaal nog niet kon begrijpen. En dan, dreigend: 'Wacht maar, we zullen hier verhuizen!' Cindy begreep niet waarom mama dit laatste zo dreigend zei.

Kort nadien, terwijl ze samen aan tafel zaten, zei mama opeens dat ze binnenkort zouden verhuizen. Dat zouden ze doen omdat Cindy hier zo moeilijk in slaap kon raken, zei ze. 'En ik ook. Ik slik nu al veel te veel slaaptabletten.' Mama zei dat ze een leuk klein huis gevonden had. 'Het volgende weekend gaan we kijken.' Ze had ook ineens werk gevonden voor tijdens de dag, terwijl

Cindy toch op school was. In een soort café. Ze zou voortaan altijd even na Cindy thuiskomen. Soms zou ze ook 's avonds moeten werken. Niet dikwijls. Soms. Daarom was het maar het beste dat Cindy voortaan tot zeven uur op school bleef. Ook dat had mama al geregeld. Cindy vond het helemaal niet erg om op school te blijven. 's Avonds bleven daar wel meer kinderen, haar vriendinnetje Marianne trouwens ook, ze zouden samen pret genoeg hebben. Mama was heel opgelucht. Ze was blij dat Cindy het zo opnam, zei ze. Ze had ermee in haar maag gezeten.

Het nieuwe huis lag eigenlijk ook langs een drukke weg, maar die was minder lawaaierig als de vroegere, de auto's hoefden niet zo op te trekken, er waren geen verkeerslichten in de buurt. Ook was er een tuin achter het huis en zodra het mooi weer was, kon Cindy op het terras gaan zitten om daar op mama te wachten. Nu kon het natuurlijk niet, het was winter. De winter van Cindy's negende jaar. Mama kwam vaak een heel stuk later thuis dan Cindy. Ze had intussen een kleine wagen gekocht. 'Om naar het werk te rijden,' zei ze. Meestal bracht ze Cindy ermee naar school. En 's avonds kwam Cindy dan met de schoolbus naar huis. Die stopte trouwens vlak voor de deur. Dat was makkelijk, zei mama. Cindy wachtte dan thuis op mama. Mama vond het ook vervelend dat ze altijd op een ander uur thuiskwam, al werd het nooit echt laat. Wel vond Cindy het jammer dat mama vaak op zaterdag en zelfs op zondag moest werken. Dan kwam er het meeste volk naar het café, zei

mama. Als ze dan thuiskwam rook ze naar tabak, en soms naar iets wat Cindy in het begin niet kon thuisbrengen, een mengsel van zweet en parfum en nog iets, mama zei dat het verschaald bier was.
Soms ook rook ze naar een parfum dat ze anders nooit gebruikte. 'Dat ruikt zwoel', zei mama, maar Cindy hield er niet van. 'Moet je daar dan van tafeltje naar tafeltje lopen, en opschrijven wat de mensen willen drinken?' vroeg Cindy. 'Ja, zoiets', zei mama vaag. Ze hield er niet van om over haar werk te praten. Ze zei iedere keer als ze thuiskwam dat ze afgepeigerd was, ze schopte dan haar schoenen uit en zat geruime tijd op de canapé voor zich uit te staren. Cindy meende te begrijpen dat het door het vele lopen kwam, tussen al die tafeltjes door. En mama moest ook glazen omspoelen en de vloer schrobben en dat soort dingen. 'Arme mama', zei Cindy soms, 'zoveel moeten werken!' En dan zei mama telkens dat ze het voor haar deed. Ze had wél graag eens dat café van mama van binnen gezien. 'Och, daar is niets aan te zien', zei mama, 'een doodbanaal huis met wat rode uithangborden en groene gordijnen voor de vensters.' Het zou wel eens kunnen dat ze er binnengingen. Maar niet nu, later. Dat zei mama iedere keer als ze Cindy met de wagen naar school bracht. O, het was maar een heel kleine wagen, maar best leuk. Mama noemde hem een geit, en hij was groen. Telkens als ze vertrokken hoopte Cindy stilletjes dat mama haar even tot bij dat café zou brengen; maar mama zette haar telkens af bij de schoolpoort en reed dan snel weg. Eens, toen Cindy in de geit onderweg een beetje aandrong, zei mama bits dat de ca-

fébazin het niet graag zou willen. Cindy was een beetje verbaasd dat daar een vrouw de baas was. 'Wat had je dan gedacht, dat daar een man was misschien, haha, die is er ook, maar die zien we nooit. Maar de klanten zijn allemaal mannen!' Mama lachte schel, met open mond terwijl ze haar hoofd naar achteren gooide. Het leek Cindy dat ze lachte zonder echt blij te zijn.

In het begin was het plezierig in dat nieuwe huis en Cindy sliep er ook veel beter dan in het vorige. Mama trouwens ook, dat zei ze toch. Cindy had een gezellige kleine kamer met een breed raam dat uitzag op de tuin. Maar na een tijdje vond ze toch maar dat ze zo vaak alleen was, al besefte ze ook wel dat ze daar weinig kon tegen doen. Mama kwam 's avonds alsmaar later thuis en dan moest Cindy alleen eten en naar de televisie kijken. Soms was het al helemaal donker als mama gejaagd in de gang kwam. Waar ze nu woonden was het trouwens veel donkerder dan in het vorige huis. Aan de kant van de tuin waren geen straatlichten. En voorbij de tuin was al meteen akkerland. Als Cindy in de woonkamer zat, zag ze daar verderop enkel het verlichte raam van een boerderij en soms kreeg ze de dwaze aanvechting om daar naartoe te gaan, dwars over die akker. Maar ze wist ook wel dat ze dit nooit zou durven doen. Ze was bang van die duisternis, vol zwarte spookgestalten. En natuurlijk wist ze dat het bomen waren en struiken en tijdens de dag keek ze er soms spottend naar. Hoe bestaat het dat ik bang van jullie ben, dacht ze dan. Als ze probeerde tegen mama te zeggen dat ze zich 's avonds alleen voelde, deed die meteen uit de hoogte en vroeg of ze echt nog zo'n kleine meid was. Over die drang om naar de boerderij te lopen, zweeg ze maar. En voortaan liet ze, meteen als ze thuiskwam, de rolluiken neer.

Op een avond zat ze daar weer op mama te wachten. De luiken waren neer en de televisie aan, maar ze keek niet echt. Ze speelde met haar poppen. Mama had net een hele 'garderobe' gekocht, zoals ze dat noemde, allemaal kleertjes, en die was Cindy nu aan het passen. Maar het zou veel plezieriger geweest zijn in mama's gezelschap. Nu kon ze enkel maar tegen Harlekijn vertellen wat ze van die kleertjes dacht. En Harlekijn zei nooit iets, hij weende maar. Ineens hoorde ze een kind schreien, in de tuin. Daar zat een kind, nee, nee, meerdere kinderen zaten daar te schreien. Cindy deed het licht uit en ging in het keukentje door het raam van de achterdeur kijken. Er dansten vale schaduwen op het groen vóór de zwarte struiken. Ze sprongen heen en weer en schreiden. Spoken. Cindy was op slag doodsbenauwd. Ze rende terug naar de woonkamer, sloeg de deur dicht en hurkte neer in een hoek. Toen het kindergeschrei bleef duren, kroop ze recht, zette grienend de televisie keihard en toen hoorde ze dat geschrei niet meer. Meteen toen ze de sleutel in het slot hoorde morrelen, rende ze in paniek naar de deur. Maar toen ze in de gang was, realiseerde ze zich dat het misschien niet mama zou zijn maar zo'n spook en ze rende weer de woonkamer binnen. Toen mama de deur van de woonkamer opende, gilde Cindy luid, herkende haar toen en rende naar haar toe. Mama wilde weten waarom die televisie zo godverdomme luid stond en wat hier gebeurde. Cindy had geen adem genoeg om het haar te zeggen. Mama slaagde er ook niet in om haar te troosten en werd toen heel ongerust. Maar toen Cindy eindelijk hortend en stotend en nog nasnikkend zei wat er gebeurd was, glimlachte mama plots en stelde haar gerust. 'Het zijn maar katten geweest', zei ze, 'katten maken altijd dat lawaai rond deze tijd van het jaar.' Mama veegde haar tranen weg. 'Waarom doen katten dan zo nààr?' 'Ze zoeken een wijfje. Of een mannetje.' Een kattin en een kater, dat kende Cindy toch? Maar toen Cindy vroeg waarom ze zo schreeuwden wond mama zich weer een beetje op... Sedertdien vond Cindy katten heel griezelige beesten. Ze zei zonder meer dat ze bang van ze was. Mama probeerde nog wel haar die angst af te leren, maar het lukte niet. 'Als we nu zelf eens een kat hielden', zei mama tenslotte, 'dat zou toch leuk zijn, ik hou veel van katten.' Maar Cindy gruwde bij de gedachte alleen al. Geen kat, dacht ze, nee, geen kat. Ook de dagen nadien telkens als ze dat kindergeschrei wéér hoorde, zette ze de televisie heel hard om die griezels te verjagen. Maar van zodra ze de sleutel in het sleutelgat hoorde, deed ze de klank zachter. En tegen mama zei ze er niets meer over.

Nadien, op een avond in bed, dacht ze ineens weer aan die hond. Die had daar echt de hele tijd in een hoekje van haar hoofd gelegen en zich koest gehouden. Maar ineens was hij wakker geschrokken, misschien wel door het geschrei van die katten. Een hond zal die katten meteen verjagen, dacht ze. Ze zat zo intens aan die hond te denken dat ze hem zag rechtstaan, zijn stramme pootjes strekken en dan ineens dolgelukkig naar haar toerennen als ze uit de school thuiskwam. Hij sprong haar haast omver en likte haar hele gezicht met zijn natte rasperige tong. Het was natuurlijk geen kleine hond! Ze dacht nog altijd aan die hond toen ze al lang in bed lag. Ze zag hem naar haar toe komen rennen en mama gilde 'Pas op, hij rent je omver!', maar ze lachte toen ze in het gras achterover viel met die vriendelijke muil van de hond boven haar en ze voelde zijn grappige natte tong overal op haar wangen en ze graaide met haar armen naar zijn kop en keek in zijn lichtbruine ogen. En toen was ze ineens klaar wakker en haar wang was nat. Misschien is die hond er werkelijk geweest, dacht ze. En ze sliep weer in met de gedachte dat ze morgen tegen mama wéér over die hond zou beginnen.

De daaropvolgende dagen had mama het zo druk dat ze Cindy zelfs niet naar school kon brengen. En als ze 's avonds thuiskwam was ze veel te moe om naar Cindy's gepraat te luisteren. Ze nam een paar slaaptabletten en ging meteen naar bed. Cindy ging ook vroeg slapen. Eigenlijk had ze enkel haar vriendinnetje Marianne om tegen te vertellen dat ze binnenkort een grote hond zouden hebben. 'Een heel grote hond', zei ze, 'zo groot als ikzelf.' Ze zou op zijn rug klimmen en de hele avond, tot haar mama thuiskwam, op het grasveldje rondrijden. Natuurlijk alleen als het mooi weer was. Als het regende of koud was zou ze in de woonkamer rondrijden. Marianne vroeg of ze niet bang was voor zo'n groot beest en

ze zei: 'Nee, mama, die is bang, maar ik niet.' 'Ik heb mijn papa tegen mijn mama horen zeggen dat jouw mama niet bang is van mannen', zei Marianne. Cindy begreep niet wat ze daarmee bedoelde, en Marianne zei er ook niets méér over. Maar terwijl Cindy in de schoolbus zat die haar thuisbracht, viel het haar ineens te binnen, dat er destijds, toen ze nog in de stad woonden, veel ooms op bezoek kwamen, en dat er nu, sedert ze hier woonden, niemand meer kwam. Ze dacht: 'Misschien is mama nu wêl bang van mannen.' Ze wilde mama vragen waarom er nooit meer ooms kwamen, maar vergat het weer.
Marianne had heel veel belangstelling voor die hond. Iedere hond die ze tegenkwam wilde ze strelen, zei ze. Juffrouw had zich daar al boos over gemaakt en gezegd dat het gevaarlijk was. Maar dat geloofden Marianne en Cindy niet. Iedere keer als ze samen waren, spraken ze over die hond. Marianne wilde weten hoe Cindy hem zou noemen, maar dat wist ze nog niet. 'Hij heeft nog geen naam', zei ze, 'hij is nog niet geboren.' En toen zei Marianne laatdunkend dat het dan nog héél lang zou duren voor Cindy die hond had. Cindy was daar boos om en toen begonnen ze erover te kibbelen.

II

Cindy was negen jaar toen Tristan vrij plotseling in haar leven verscheen. Mama had een hele zaterdag vrij en moest dringend naar de stad. Een grote stad. Winkelen. Ook wat wandelen. Ze had schoenen nodig en allerlei nieuwe kleren. 'Heel veel', zei ze. En die vond je enkel in een paar selecte winkels. Mama was vrolijk, minder zorgelijk dan anders, meende Cindy. Misschien had het met de zon te maken. Als de zon scheen was Cindy ook altijd blijer dan anders. Cindy zat vooraan naast mama in de groene geit. Mama lachte voortdurend en Cindy ook. Ze vroeg of mama zo vrolijk was vanwege het mooie weer. 'Ja, ook daarom', zei mama. 'Maar vooral omdat het dik in orde is met het alimentatiegeld, ik was al bang toen die twee kerels op bezoek kwamen, weet je dat nog? Maar sedert we verhuisd zijn, is het allemaal in orde.' Cindy kon zich niet indenken over welk geld mama het had. En toen ze het vroeg, zei mama weer, zoals vaak: 'Je bent nog te klein om dat te begrijpen. En dat is maar best ook, kind.' Mama zei het vriendelijker dan anders. Het had met die twee heren te maken, maar Cindy had moeite om zich hen te herinneren. Ze durfde ook geen vragen meer te stellen, mama zou daardoor misschien minder vriendelijk worden. En ze was nu ook graag over die hond begonnen, die nog altijd in een hoekje van haar hoofd lag. Als ze vrolijk was, had ze altijd zin om over die hond te beginnen...
Ze wandelden door winkelstraten en mama kocht nieu-

we schoenen en een paar eigenaardige blouses en een jurkje met haast niets bovenaan. Ook een heel leuke bikini en een b.h. zonder schouderbandjes. En nog een paar japonnen, die moest ze lange tijd passen. In al die winkels mocht Cindy op een stoel zitten wachten, soms zelfs op het vast tapijt. Ze was een beetje moe van al dat wandelen en slenteren. En eigenlijk verveelde ze zich ook een beetje. Hoewel, telkens weer een andere mama te zien verschijnen, de ene keer mooier en slanker dan de andere, dat was óók boeiend. In de straten, tussen al die grote mensen, had ze zich méér verveeld: je keek de hele tijd tegen benen en buiken aan en van de meeste etalages zag je enkel wat vlakbij lag of naar de hoogte toe gedrapeerd was.

Toen mama alles had, gingen ze een patisserie binnen. Cindy koos een stuk taart met vele lagen kleuren op elkaar, wit en geel en rood en groen. Ook nog een gele sudderans. De taart zag er lekkerder uit dan ze smaakte. Daar rustten ze weer wat uit, mama vooral, ze zei dat ze bekaf was. En haar voeten deden pijn, zei ze. Cindy geloofde dat het door die naaldhakken kwam waar je onmogelijk goed op kon lopen, ze had het al eens geprobeerd met een paar schoenen van mama, in de woonkamer thuis, en meteen verzwikte ze haar voet. Na de sudderans en de taart – mama had enkel koffie gedronken, ze dacht alsmaar aan haar lijn – zouden ze nog even naar het park gaan. Het was vlakbij en daar waren eenden en water en vooral banken.

Er stonden inderdaad banken, vlakbij de eendenvijver. Mama zat afwezig op zo'n bank naar die eenden te kijken en Cindy stapte over de lage afspanningsdraad en hurkte neer in het gras, vlakbij het water. Ze vond het jammer dat ze geen brood bij zich hadden. Er waren heel veel eenden: witte en bruine-met-een-groene-kop en kastanjebruine en ook bleekbruine-met-strepen en wit-en-zwart-gevlekte en zelfs gemarmerde. Iedere eend was helemaal verschillend van alle andere, Cindy raakte er niet op uitgekeken. Maar als ze kwekten deden ze het allemaal op dezelfde manier. Nu waren ze natuurlijk niet te benaderen, met wat brood zou het wel gelukt zijn. Ze paddelden maar wat rond in het vieze water en telkens als Cindy dichter bij het water kwam, zwommen ze een beetje verderop en schaterlachten. Cindy geloofde dat ze haar treiterden. Ze lachten haar uit omdat ze niet bij hen kon komen. Cindy kwam daarom heel dicht bij de boord; mama zei niets, ze was ongetwijfeld te moe, ze had haar schoenen uitgeschopt en staarde over het water en de eenden heen. Dat deed ze vaak, zo staren en dan mocht Cindy alles en nog wat zeggen, mama hoorde noch zag. Middenin de vijver zwom een witte zwaan en die trok zich van Cindy en dat eendegrut niks aan, die dreef daar maar, statig, op en neer, ongenaakbaar. Ze keek naar zichzelf in het water en ze was zelfs te trots om met Cindy te spotten. Ze was vergeten dat ze vroeger op een lelijk klein eendje had geleken, zoals in het sprookje dat juffrouw verteld had. Maar wat was ze mooi! Cindy ging voetje voor voetje tot tegen de waterkant. Het was er ineens drassig en ze gleed uit. Even maar – ze kwam met haar gestrekte hand in de modder terecht, slaakte een gilletje en zag in een flits haar gezichtje met wijdopen ogen in het water. Toen was ze al weer recht, maar haar hand en haar been waren smerig. Mama was blijkbaar hevig geschrokken, ze gilde meteen: 'Cindy, wat doe je toch!' Het klonk zo luid, dat Cindy ook schrok, het leek net of het park, het water en de lissen op dat water allemaal schreeuwden met mama's stem: 'Cindy, wat doe je toch!' En net ook of meteen alle eenden antwoordden met een gerekte schaterlach en er toen vandoor gingen. Tegen de tijd dat Cindy het zich allemaal realiseerde was mama bij haar, ze liep op haar blote voeten. En toen, eigenlijk tegelijk met al die geluiden en met mama's harde hand rond Cindy's arm, het leek óók een antwoord, begonnen er honden te blaffen, voorbij de rotspartijen die uit de vijver oprezen en waar bovenop struiken stonden. Cindy én ook mama die Cindy's arm vasthield en daar stond op haar blote voeten in die drassige grond, ze keken allebei verbaasd die kant op. 'Hé', zei mama, 'zitten daar ergens honden?' Het was niet één hond geweest, het waren er veel. En het geblaf in koor duurde nog even voort, waarna het wegebde met af en toe nog een uitschieter. Toen was het weer stil. Cindy had meteen wel aan mama's gezicht menen te zien dat de schrik over was en er nieuwsgierigheid voor in de plaats was gekomen. Mama's ogen keken alweer levendig, een beetje verbaasd zelfs. Cindy zelf was héél nieuwsgierig. Mama veegde haar voeten af met wat gras, deed weer haar schoenen aan en samen liepen ze een smal weggetje op, tussen de struiken door. Links waren er ineens grote volières met kleurige vogels, maar daar keken ze haast niet naar, ze zouden toch hierlangs terugkeren, zei mama, ze gingen recht naar het hondengeblaf toe, dat nu weer in koor klonk. Mama was dus toch niet bang van honden. Cindy meende dat het blaffen ook niet klonk om bang van te zijn, het leek eerder vriendelijk. De rotspartijen vormden aan deze kant een soort schuur. 'Die zit wel goed weggestoken,' zei mama. Eigenlijk was het een gebouw met twee gangen en langs iedere gang lag een rij hokken met een soort betralied terrasje ervoor. Je kon daar zo maar door lopen en mama was helemààl niet bang. Sommige hokken waren leeg. Maar op de meeste terrasjes stond een hond. Toen mama en Cindy halfweg die gang waren, lieten ineens zeer veel honden hun stem horen. Nee, het was geen geblaf om echt bang van te zijn, het leek een soort groet en er klonk iets vragends in. Het was een koor in allerlei toonaarden. Hoog en schel, maar ook gewoon en soms heel diep en zwaar. Cindy liep aan mama's hand langs de tralies. Mama zei dat ze zorgvuldig haar handjes moest thuishouden. Je wist maar nooit. Telkens werden ze extra begroet door de hond, die de eigenaar was van het terrasje en bij de tralies op hen scheen te wachten. Er waren een paar gewone honden bij zonder ras, maar ook een witte poedel met een veel te dikke vuile vacht. Ook een roestbruine setter – mama bleek ineens ook hondenrassen te kennen – die levendig tegen de tralies opsprong, zo hoog hij maar kon en dat deed hij zo intens dat hij vergat te blaffen. Cindy vond dat hij een erg vriendelijke tong had. Een grote zwarte hond, misschien een bouvier, zei mama, keek hen melancholiek en dof grommend aan en wendde al dadelijk zonder belangstelling de kop weer af. Het paar straathondjes dat samen zat, een pikzwart met een wit borstje en een hoofdzakelijk wit met zwart oog en oor, kefte pijnlijk hoge noten. Dat was de eerste gang. Ze moesten nu een bocht maken om in de tweede gang terecht te komen. En daar was er ineens een uitzicht op die vijver. De witte zwaan zwom vlakbij en mama zei dat dit een pracht van een foto zou zijn, met die wanden links en rechts en dat gat, ze noemde het een bres in een muur, en dan dat water en die bomen en die huizenrijen daarachter. Cindy begreep maar niet wat daar zo speciaal aan was, de honden boeiden haar veel meer. Ze vroeg mama wat die honden hier toch deden, dat vond ze hoogst onbegrijpelijk. Dit waren allemaal honden die door hun baas hier naartoe gebracht waren; ze waren in de steek gelaten, zei mama. Cindy zag dat mama een beetje droevig naar die zwaan bleef kijken. 'Die honden blijven hier tot iemand ze komt halen', zei mama. 'Soms hun baas, als hij van een reis terugkeert, soms iemand anders, een nieuwe baas dan.' Kon je dan hier zo'n hond krijgen? Ja, natuurlijk. Had Cindy in dat gebouwtje bij de ingang die ouwe man niet zien zitten? Cindy had hem inderdaad niet gezien, hij zat boven haar blikveld. Hij was de bewaker van de kennel. Dit heette inderdaad een hondenkennel. En die man gaf ook de honden te eten. Cindy luisterde trappelend van ongeduld, tenminste, inwendig trappelde ze want naar buiten toe wist ze dat ze er heel kalm uitzag. Maar die honden, die nog altijd luid en ongeduldig blaften, maakten haar zenuwachtig. Mama leek zich daar niets van aan te trekken. Ze sprak maar, met lange tussenpozen, terwijl ze naar die witte zwaan keek die onverstoorbaar verder dreef. Overmorgen zou Cindy tegen Marianne vertellen dat mama helemaal niet bang meer was van honden. Cindy zei toen ineens dat ze meelij had met die beesten, maar mama zei dat ze hier goed verzorgd werden. 'Soms beter dan mensen die in de steek gelaten worden, die moeten voor zichzelf zorgen', zei mama. Maar dat zei ze alleen tegen zichzelf. De hele tijd al voelde Cindy een soort steek in haar borst, daar zat iets te knagen. Die worm, dacht ze. Het was al lang geleden dat ze die gevoeld had. Nu liepen ze toch door de tweede gang. Daar zaten slechts vier honden. Eerst een grote, lompe dalmatiër, die zich haast niet meer kon bewegen. Hij sleepte zich tot bij de tralies toen hij hen zag, en klaagde stilletjes met zijn misvormde kop half naar hen gekeerd. 'Dat moet al een heel oud beest zijn', meende mama, 'schande hem hiernaartoe te brengen!' Daarna was er weer zo'n straathondje, roestbruin met heel rechte oortjes en een spitse snuit. Het was erg klein maar sprong haast zo hoog als mama's gezicht tegen de tralies op en het was zo bedrijvig dat het ternauwernood kon keffen, zijn stemmetje kwam van heel diep uit zijn keel net of het hees was of een verkoudheid had. Dan waren er een paar lege kooien. Cindy dacht eerst dat ook de volgende kooi leeg zou zijn, maar helemaal in een hoek stond een lopende worst. Hij hijgde amechtig en probeerde ook eventjes te blaffen. Mama zei dat ook die erg oud moest zijn. In de kooi vlakbij de uitgang stond de bewoner al op hen te wachten. Hij was vrij groot, maar heel sierlijk, hoewel ook van een niet te bepalen ras. Dat zei mama tenminste. Zijn pels was bruin, donkerbruin tot zwart met aderingen van lichter bruin en zelfs van hééł licht bruin. Een soort tapijtehuid, dacht Cindy. Zijn kop leek donkerder dan zijn lijf, maar toen hij hem naar hen toe keerde, zag Cindy dat er eveneens blekere strepen en vlekken op waren. Hij had heldere, tabaksbruine ogen. Hij wachtte tot Cindy en mama vlak naast hem waren, waardig, heel waardig alsof hij in de houding stond. Toen hief hij eventjes de kop op, zonder zijn houding te wijzigen. Hij begon te praten. Een eindeloos en droef verhaal met stiltes en stembuigingen en snikken erin en willens nillens bleven mama en Cindy staan luisteren. Mama kreeg er de tranen van in de ogen. Cindy begreep meteen wat hij zei. Hij vertelde over zijn baasje, die hem in de steek gelaten had, opeens, zonder reden. Ze waren altijd vriendelijk geweest met elkaar, zei hij tegen Cindy, hij, de hond en hij, de baas. Maar op een keer waren ze verhuisd naar een slecht gelegen huis midden-in de stad en daar was geen tuin bij en misschien had zijn baasje hem gewoon dààrom hiernaartoe gebracht. Vroeger hadden ze een huis met een grote tuin gehad en daar kon hij vrij rondhollen en in dat nieuwe huis kon dat niet meer. Maar hij, de hond, was bereid geweest om alleen thuis te blijven, waarom ook niet, zelfs al moest zijn baasje vaak op reis en al liet hij hem, de hond, dan alleen achter. Maar dat had zijn baasje dan niet gewild, misschien. En de hond vroeg toen aan Cindy of zij een tuin had en Cindy knikte ijverig. En toen was het even stil en toen vroeg de hond of hij met haar mee mocht. En

Cindy fluisterde in zichzelf, heel stilletjes, dat ze het mama zou vragen. En toen zweeg de hond weer. Mama had ook geluisterd naar zijn verhaal, ze had tranen in de ogen en ze zei, terwijl ze even verder liep. 'Het lijkt net of hij zijn leven aan het vertellen is.' Cindy was verwonderd dat mama die hond niet begrepen had. Mama zei toen iets heel doms, vond Cindy, ze zei: 'Hij heeft alleen maar de spraak tekort.' De hond was toch de hele tijd aan het spreken geweest. Cindy zei bijna: 'Hij vertelt wat zijn baasje hem heeft aangedaan', maar ze beheerste zich bijtijds. En de hond begon toen zijn verhaal opnieuw van voren af aan, op precies dezelfde manier en Cindy begreep het wéér helemaal en mama bleef ontroerd staan luisteren en schudde haar hoofd. Maar Cindy geloofde dat mama ook nu niet begrepen had wat de hond verteld had. Grote mensen begrijpen sommige dingen gewoon niet. Ze raakten daar intussen geen van beiden weg. Mama schreide zelfs een beetje, de tranen liepen langs haar wangen en ze veegde ze niet af. Ze verwoestten haar make-up maar dat scheen ze niet erg te vinden. En Cindy voelde weer die steek in haar borst, dat gevoel geen adem te hebben en alsmaar te moeten slikken. Dat knagen ook, van die worm. Het was verdriet, dat wist ze wel. Toen zei mama, nog half wenend: 'Kom Cindy, we moeten hier vandaan, ik kan daar niet tegen.' Maar ze bleef staan. En toen ze dan toch aanstalten maakte om weg te gaan, zweeg de hond ineens, middenin zijn verhaal. Hij draaide zich om en ging rustig in de uiterste hoek van zijn terrasje staan en het leek net of hij daar heel stilletjes en heel waardig stond te schreien, net lang genoeg opdat ze het allebei zouden begrepen hebben. Mama keerde terug, Cindy ook. En ook de hond keerde terug. Hij stond hen nu zwijgend en fier aan te kijken met die verschrikkelijk trieste ogen van hem. Cindy zei ineens: ‘Mama, mag ik die hond hebben? Toe, mama.’ Mama reageerde eerst niet, toen schrokken ze allebei van de reactie van de hond. Hij had Cindy zonder enige twijfel begrepen want hij begon een heel nieuw verhaal, anders van toon, vrolijk zelfs, licht, maar naar het einde toe werd het weer donker en droevig en troosteloos. En ook zijn ogen, die daarnet geschitterd hadden als goudgele vonken, doofden nu uit en leken zich te sluiten. En terwijl Cindy en mama daar nog aarzelend bleven staan, begon hij ook dit verhaal opnieuw. Mama was zo ontroerd dat ze niet eens had kunnen antwoorden op Cindy’s vraag. En Cindy drong plots verbeten aan, ze wist niet hoe het kwam maar ze was bereid om voor die hond te vechten. Het was voor haar duidelijk dat ze zonder hem niet meer kon leven. Ze had hem nodig. Ze zou hem hieruit halen, dat zei ze tegen zichzelf. En de hond begon toen wéér zijn verhaal. Hij vertelde dat zijn baasje hem meegenomen had met de auto hiernaartoe en zonder afscheid te nemen was weggegaan en nooit meer was teruggekeerd en hij bezwoer haar, Cindy, dat zíj tenminste niet zou weggaan, maar hem zou meenemen. En Cindy begreep het allemaal en smeekte mama om toch die hond méé te nemen. Ze zou niet meer echt alleen zijn als ze alleen thuis was. En ze zou niet meer bang hoeven te zijn. En ze hadden toch een tuin waarin hij zou kunnen spelen. Toen zei mama ineens, nog altijd met de tranen in de ogen, ja, dat het goed was, maar dat ze toch eerst bij de bewaker moesten informeren wat voor soort hond het was. De hond leek het allemaal begrepen te hebben, woord voor woord. Hij deed nu een vrolijk verhaal met daarin de stille aandrang hem toch niet in de steek te laten. En Cindy kwam uitbundig tot bij de tralies gelopen, ze zei met haar gezichtje op dezelfde hoogte van de geheven snuit van de hond, dat ze hem beslist zou komen halen. Als het mocht van de meneer van de kennel. Daar gingen ze nu meteen naartoe.

De oude man, die leek op een kabouter maar geen baard had, gaf bijzonderheden over de hond, die nu al de hele tijd zweeg. Hij was door zijn baas achtergelaten in een bos, die kerel had daar blijkbaar ook nog geprobeerd om hem dood te schieten, hadden ze dat schampschot niet gezien opzij van zijn kop, een littekentje in de lichtbruine vacht? Hij zei maar niet te begrijpen dat mensen zoiets konden doen. 'En dan nog met dié hond', zei hij, 'het liefste beest dat ik hier ooit heb gehad, daarom heb ik hem vlakbij mijn bureau gelogeerd.' Hij zou blij zijn voor de hond als ze hem wilden meenemen en goed voor hem zorgen, dat beest verdiende het. Het was soms niet om aan te zien hoe hij hier treurde. Mama wilde ook nog weten hoe hij hier terecht was gekomen. Iemand had hem in dat bos gevonden, zei de kabouter, een goede ziel; die had hem in zijn wagen geladen en hier naartoe gebracht. De hond was nog half versuft geweest. Ja, de eigenaar moet het beest ook nog een harde klap op de kop hebben gegeven. Misschien vóór dat schot. 'Niet te begrijpen', zei de oude man weer en hij schudde zijn grijze hoofd. Mama wilde ook nog weten welk ras het was, maar dat wist de kabouter zelf niet. 'Misschien een labrador', zei hij, 'maar zeker niet raszuiver.' Mama moest iets invullen en ook iets betalen. Toen vroeg ze of de hond een naam had. De kabouter zei: 'Nee, maar ik heb hem altijd Tristan genoemd. En hij luistert naar die naam. Het is een heel verstandig beest, mevrouwtje.' Mama zei dat ze Tristan een mooie naam vond en dat vond Cindy ook. 'Als jij nu eens Isolde zou heten, kleintje,' zei de kabouter. Maar mama zei dat ze Cindy heette. 'O, maar dat is ook een mooie naam', zei de kabouter en hij boog diep. Cindy begreep niet wat de naam Isolde betekende, ze besloot het straks aan mama te vragen. Ze vergat het natuurlijk toen ze even nadien de lus mocht vasthouden – mama hield hem helemaal aan het einde vast. Beheerst uitgelaten, maar waardig liep Tristan met ze mee. Hij keek na iedere paar stappen even achterom en zijn vriendelijke, tabaksbruine ogen glansden.

Vanaf die dag was Cindy's leven zo vol als een ei. Er was de school: schrijven, rekenen, lezen. Dit laatste vooral 's avonds thuis. Cindy las sprookjes en voelde zich een kleine prinses. Maar er was vooral Tristan. Van zodra ze uit de school thuiskwam moest ze zich uitvoerig met hem bezighouden. Hij zat dan al haast een volle dag alleen in zijn hok en was half gek van plezier. In die tijd reed ze ook wérkelijk op zijn rug rond, zoals ze het vaak gedroomd had en aan haar vriendinnetje verteld. Soms in de woonkamer, maar van zodra het weer wat mooier was, buiten, in de tuin. Tristan bleek ook een erg slimme hond te zijn. Cindy leerde hem – dat was de eerste les – pootjes geven, maar dat bleek hij al te kunnen. Ze leerde hem ook alles-en-nog-wat terug te halen waar ze het weggooide. Ook daar kende hij al wel iets van, maar hij moest er zich toch nog in bekwamen. En ze leerde hem ook een heuse buiging te maken en zelfs een kusje te geven wat dan betekende dat hij met zijn rasperige tong haar wang likte, heel eventjes maar. Dat was de grote kus, want Tristan had ook geleerd snuffelkusjes te geven, met zijn vochtige snuit tegen haar wang aan. Van zodra het echt lukte met die grote kus, wilde Cindy dat Tristan het demonstreerde bij mama, maar die deed erg geïrriteerd. Ze vond die tong maar vies en ze zei dat Tristans adem stonk. Cindy durfde niet luidop te protesteren, maar bij zichzelf zei ze dat mama toch ook maar dom was. En ze schrok meteen van die gedachte. Maar even nadien was mama dan toch verrast toen Tristan de krant van bij de voordeur ging halen en in mama's schoot legde. Cindy had die krant daar klaargelegd met geen andere bedoeling dan dié en ze had ook een paar avonden samen met Tristan geoefend. Het lukte. Met de kop fier in de lucht, dezelfde houding die hij aangenomen had in de kennel, kwam Tristan de krant aandragen en op Cindy's schoot leggen. Maar Cindy zei: 'Neenee, daar, aan mama geven, Tristan'. En ook dit lukte. Na nog een paar avonden haalde Tristan de krant waar ook vandaan, en bracht hij die. Natuurlijk moest je hem wel eerst vertellen waar die ongeveer lag. En in het vervolg kwam hij ook met Cindy's boekentasje aandragen, telkens als ze naar school ging. En hij stond in de deuropening te blaffen, zonder dat het agressief klonk – Cindy meende zelfs dat het droevig was – telkens als Cindy met de schoolbus mee moest. De jongste tijd gebeurde dit trouwens alsmaar meer, mama werkte vooral 's namiddags. Mama was lange tijd gelukkig met Tristan. 'Zo'n rustige hond', zei ze soms. Hij hield zich tijdens de dag voortreffelijk bezig in de tuin en in het hok dat mama speciaal voor hem in het tuinhuis had laten inrichten. En iedere avond weer, meteen als Cindy uit de bus gestapt was, hoorde ze Tristan uitbundig blaffen: hij had haar nog niet gezien maar blijkbaar al geroken. En niet zodra was de deur naar de tuin open, of hij kwam haar groeten. Niet uitbundig, zoals mama in het begin gevreesd had, maar rustig, haast ingetogen. Een begroetingsceremonieel, het was haast plechtig, zei mama altijd. Cindy meende daaruit op te maken dat Tristan inderdaad wist dat ze een prinsesje was, zoals ze soms droomde. Maar dat zei ze tegen niemand. En omdat hij het wist maakte hij dan telkens dat gekke buiginkje, likte vervolgens haar hand net of hij haar een handkus gaf en zat tenslotte rechtop, als een beeld. Maar zodra die plechtige begroeting over was, moest hij zijn rondjes rennen in de tuin, met de hals ver vooruit, als een renpaard, altijd maar sneller, altijd maar kleinere rondjes, tot hij buiten adem met de roze tong ver uit de bek, ergens middenin het grasveld stilstond en naar haar keek met een vraag in zijn vonkende, tabaksbruine ogen. En dan klapte Cindy in haar handjes en kwam hij parmantig, met de roze tong nog altijd uit de bek, naar

haar toe. Weer rustig. En trots. Ze geloofde dat hij dan lachte. En terwijl ze aan tafel zat en schreef of sommen maakte, zat hij op een stoel naast haar. Hij legde zijn kop op het tafelblad en volgde wat ze aan het doen was, met een vraagteken in zijn felle ogen.
Dat deed Cindy er aan denken dat ze hem misschien wel kon leren schrijven en op een keer probeerde ze een balpen tussen zijn tenen te wringen, maar hij schudde zijn kop en gromde afkeurend. Mama zei dat enkel de mensen leerden schrijven en rekenen en maakte zich vrolijk omdat Cindy haar hond zoiets had willen leren. Cindy was toen een beetje boos. Op mama én op Tristan. 'Maar pràten zal ik hem wél leren,' nam ze zich voor. En ze leerde hem inderdaad 'ja' zeggen (dat was een korte 'waf') en 'neen' (dat was 'waf,waf'). En hij leerde ook zeggen dat hij honger had, dan gromde hij en legde zijn kop in haar schoot; en dat hij dorst had, dan jjjankte hij en klopte met zijn poot op haar arm. Maar mama ergerde zich af en toe een beetje aan de bruine cirkel die op het grasveld zichtbaar was geworden. En een paar keer ook vloekte ze omdat ze in een hondedrol had getrapt.
Zo vlogen de dagen voorbij, het was thuis leuker geworden dan op school, al had Cindy thuis enkel Tristan als speelkameraad. Marianne was af en toe een beetje nijdig als Cindy over haar hond vertelde. En op een keer, toen ze op bezoek was gekomen, had ze zich nogal tegen Tristan aangesteld. Hij had toen zonder meer al haar bevelen genegeerd, heel hooghartig, hij gehoorzaamde enkel aan zijn baasje, Marianne stampvoette erbij.

Mama's ergernis tegen Tristan leek toe te nemen: iedere keer dat ze in de tuin kwam moest ze over die pelouse zaniken. Maar die ergernis barstte het eerst echt los toen Cindy Tristan mee naar bed had gesmokkeld. Hij lag op het voeteneind te slapen en Cindy zelf sliep ook al bijna, met Harlekijn in haar armen, toen mama ineens in de kamer stond en met een schelle schreeuw Tristan naar beneden joeg. Ze barstte los over die 'smerige hond die godverdomme stonk' en ze zei met ogen die vonken schoten dat Cindy het nooit meer moest wagen hem naar boven mee te brengen. Tristan was groot en zwaar en het was voorgevallen, zei ze, dat zo'n hond op een klein meisje als Cindy had gelegen, en haar had gestikt. Bovendien was zo'n hond ook nog heel smerig. Cindy protesteerde schreiend dat Tristan een erg nette hond was, maar mama bleef hem vies vinden – ze zeurde ook weer over die rondjes in de tuin en over de drollen die je overal vond. Ze zei zelfs dat ze hem te vies begon te vinden om in de woonkamer te laten overnachten. Haar hele huis was altijd smerig. En iedere keer ergerde ze zich erover dat hij tegen haar aan kwam staan als ze opgetut was en naar dat zwoele parfum rook dat Cindy zo vond stinken. Op zulke momenten kon ze zo onredelijk tegen hem uitvliegen, dat hij dan met de kop haast tegen de grond naar buiten liep en daar met ogen die er niets van snapten stond te kijken. Cindy weende haast bij die aanblik.

Cindy vermoedde toen nog niet dat mama's ergernis tegen Tristan verband hield met de vakantieperiode, die weliswaar nog veraf was, maar waar toch al diende aan gedacht te worden. Mama praatte er de jongste tijd vrij veel over. Er luidop over dromen, dàt deed ze eigenlijk. Haar 'cafébazin' had een soort vakantiehuis in Spanje, en dààr was het altijd mooi weer, zei mama. Ze konden er naartoe gaan, zij en Cindy. Cindy had al meteen gevraagd of Tristan ook mee kon, maar daar had mama niet duidelijk op geantwoord. Ze zei: 'Daar zullen we nog wel iets op vinden.' Cindy realiseerde zich toen nog niet echt wat vakantie was, voor haar was het altijd vakantie. En ze had er ook nog geen behoefte aan om daarover te gaan dromen, ze kon zich een vreemd land met blauwe lucht en groen water dat zee heette en palmbomen die op veren plumeau's leken en schitterend witte huizen doodgewoon niet voorstellen. En telkens als mama prentjes toonde van dat land, keek ze er wel even naar, om mama niet boos te maken, maar eigenlijk interesseerde het haar niet. Na enige tijd trof het haar pijnlijk dat mama telkens nors werd als Tristan in de buurt was en vaker nog dan vroeger tegen hem uitvloog. Cindy vertelde in die tijd tegen Tristan dat mama heel hard moest werken in haar café. Het kwam doordat ze 's avonds zo moe was dat Tristan haar dan ergerde. Cindy zei hem ook dat hij het vloertapijt nooit smerig mocht maken, en niet op de fauteuils springen – en toen dat op een keer toch weer gebeurde, en er een scheurtje in zat, loog Cindy tegen mama dat zijzelf het gedaan had, een ongelukje met de schaar, zei ze, maar mama keek smerig naar Tristan. En iedere keer dat Cindy Tristan de les spelde, zat hij op zijn achterste naast haar, kwispelde af en toe met zijn staart als om te beduiden dat hij haar begreep, en zijn ogen stonden heel nadenkend.

Intussen was het lente geweest en nu werd het stilaan zomer. Een zomer met erg veel zon. Cindy en Tristan zaten avond aan avond op mama te wachten in de tuin. Maar mama kankerde over de warmte, ze zei dat ze dringend aan vakantie toe was, en dat de mannen in het café verdomd op haar heupen werkten. 'En als ik thuiskom', zei ze, 'is er dan nog aldoor die smerige hond.' Die mannen waren cafégangers, dat meende Cindy te begrijpen: die joegen mama op; maar dat Tristan haar last gaf, dat begreep ze niet: Tristan was erg braaf. En toen was het al bijna grote vakantie en mama zei weer: 'Nog zoveel-en-zoveel dagen, en dan gaan we naar Spanje.' En ze keek daarbij weer smerig naar de hond. Cindy vroeg meteen, met een benepen stemmetje: 'En Tristan?' Maar mama reageerde ook nu niet. De hond, die naast hen stond, leek wel degelijk te begrijpen dat het over hém ging. Hij droop af, met de buik laag tegen de grond, precies of hij slaag had gekregen.
Op een keer zei mama vrij plotseling dat er niets anders op zat dan Tristan wéér naar die kennel te brengen waar hij vandaan kwam. En meteen drong het tot Cindy door hoe lang ze haar hond zou moeten missen. Ze zei eerst gewoon, daarna huilend en stampvoetend, dat ze helemaal niet met vakantie wou gaan, tenzij Tristan met ze mee mocht. En mama zei, aanvankelijk nog kalm, dat zoiets niet kon: in het vakantiehuis van haar bazin waren honden niet toegelaten. En Cindy gilde luid dat ze

dan niet mee wou gaan en tenslotte gilde mama eveneens, ze gilde dat ze nu al haast over haar toeren was en Cindy schreeuwde dat het haar niets kon schelen, dat ze niet meeging. En toen was mama zo boos dat ze Cindy een klap in haar gezicht gaf, een heel gemene klap. En de hond, die in een hoek alles rustig had liggen beluisteren, was ineens recht gesprongen en had met de glinsterende tanden op de zwarte bovenlip en de kop in de hoogte, naar mama staan blaffen, mama was er ontzettend van geschrokken en was de keuken binnengelopen. Toen ze terugkeerde was ze gekalmeerd. Ze zei met een effen stem dat Cindy nog te klein was om te begrijpen hoe hard ze wel moest werken en welk sóórt werk ze moest doen. Ze zei dat ze eraan kapot ging, zag Cindy dan niet hoe mager ze was geworden? En nu moest ze naar haar kamer gaan, zei mama, het was tijd om te gaan slapen. En de hond ging terug naar het asiel. Punt. Uit. Cindy ging schreiend naar boven en schreide de halve nacht. Mama was zelfs niet komen kijken of ze al sliep. En toen Cindy 's anderendaags opstond, stond de hond op het terrasje met niet begrijpende ogen naar binnen te kijken. 'Voortaan zal hij 's nachts in zijn hok slapen', zei mama botweg, 'hij maakt mijn huis te smerig.'

Intussen was het vakantie en de reis was voorbereid. Mama had enkele avonden met landkaarten aan tafel gezeten en gezegd dat ze de kortste weg aan het noteren was. Dwarsdoor Frankrijk, dwarsdoor Spanje, dat was niet niets, zei ze. Tenslotte was ook de bagage klaargemaakt; de reiskoffers stonden al beneden in de gang, ze

hoefden op de morgen van de reis enkel nog in mama's geitje overgeladen te worden. Eigenlijk was Cindy ook wel nieuwsgierig om verweg te zijn, het zou in mama's gezelschap gebeuren en daardoor was het veilig en ze zou vele uren in dat wippende wagentje kunnen zitten; maar tegelijk wilde ze ook in de geborgenheid van het huis blijven, in het gezelschap van Tristan en de vertrouwde dingen van iedere dag: de tuin, de sprookjes, de schriftjes. Die kon ze allemaal meenemen, zei mama. Alleen de hond niet, en eigenlijk wilde ze enkel dié mee hebben, de rest kon haar veel minder schelen.
Tristan zelf had de bedrijvigheid zonder veel reacties gevolgd. Misschien was zijn blik wat doffer geworden; misschien liep hij wat minder rondjes rondom de tuin (maar dat kwam omdat Cindy gezegd had dat mama daar kregel om was); misschien was hij zelfs wat minder uitgelaten als hij Cindy 's morgens op het terrasje begroette. Hij ging in ieder geval mama uit de weg, en tijdens de dag zat hij vaak heel stil in zijn mand buiten, die 'stinkmand' zoals mama ze de laatste maanden was gaan noemen. Tristan was inderdaad veranderd, maar dat merkten grote mensen niet, dacht Cindy wel eens, mama zeker niet, die merkte heel weinig en was trouwens te druk in de weer met de reis. Cindy merkte wel iets, ze meende dat Tristan treurde, maar dat betwijfelde ze dan weer omdat hij plots uitgelaten kon doen als zij in de buurt was. Daarom vergat ze het. Tenslotte was er nog niets echt veranderd. En eigenlijk was mama er al in geslaagd met allerlei verhalen – Cindy zwom graag en ginder zou ze de hele dag door in de doorschijnend groe-

ne zee kunnen zwemmen en als ze dat niet deed zou ze aldoor ijsjes kunnen likken en ze zou terugkeren zo bruin als een koffieboon, tot verbazing van haar vriendinnetjes en ze zouden reusachtige wandelingen maken en de sinaasappelen zo van de bomen plukken en... – eigenlijk was mama er al in geslaagd om Cindy grotendeels te overhalen. Ze zei ook alsmaar dat Cindy een verstandig meisje was, een 'groot meisje' ook al – vroeger was ze vaak een 'dom kind' geweest – en daarom was het maar normaal dat Cindy tenslotte de indruk gaf te begrijpen dat het niet anders kon met Tristan en dat mama tenslotte het beste met haar voorhad. Verstandige en grote meisjes dachten niet alléén aan zichzelf, zei mama. Cindy had helemaal geen behoefte om in de toekomst te leven, maar mama's wil was tenslotte nog wet. En met mama op goede voet staan was belangrijk. Zo kwam het dat ze tenslotte zonder veel verdriet bereid was – een tijdje al had ze geen verdriet meer voelen knagen – om afscheid te nemen van Tristan, die voor de tijd van hun vakantie in Spanje terug zou keren naar de kennel; die kende hij overigens al. Ze zouden het hem samen vertellen en hij zou het begrijpen, want hij was een verstandige hond. Cindy was nog te jong om de grote mensen te taxeren op wat ze verzwegen, maar ze dacht er ineens aan dat mama misschien van plan was om Tristan voorgoed in de kennel te laten. Toen ze deze gedachte uitsprak reageerde mama zo verontwaardigd dat Cindy gerustgesteld was.

De dag vóór de afreis zouden mama en Cindy de hond naar de kennel terugbrengen. Op precies dezelfde manier als ze hem gehaald hadden. Mama had opgebeld en achter haar hand tegen Cindy gezegd dat het dezelfde oude man was van destijds. En die had gezegd dat hij graag de hond voor de duur van hun vakantie zou verzorgen. Mama zei tegen Cindy: 'Doe Tristan nu maar zijn halsband om, kind. Dan kunnen we gaan, ik heb nog werk te doen en we vertrekken morgen heel vroeg.' Mama's stem klonk zonder enig gevoel, alsof ze gezegd zou hebben: 'Cindy, ga je handen wassen voor je aan tafel komt.' Cindy stond met de halsband in haar handen. Er schoot een gedachte door haar heen: mama houdt niet meer van Tristan. Ze keek naar Tristan en hij keek naar haar. Natuurlijk voelde hij aan wat er zou gebeuren: inplaats van braafjes te komen als ze met de belletjes van de halsband rinkelde, zoals hij gewoonlijk deed, kroop hij meteen weg onder de canapé. Cindy kroop achter hem aan. Dat deed ze wel vaker, als ze samen aan het ravotten waren. Ze zei, met een lief stemmetje in zijn behaarde oor, dat hij niet verdrietig hoefde te wezen, ze zouden niet zo heel lang wegblijven; maar nu kon hij onmogelijk met baasje mee, dat had ze hem toch al een paar keer uitgelegd, 'er is geen plaats voor honden, daar in Spanje, dat begrijp je toch, Tristan,' zei ze. En nu moest hij verstandig zijn en haar de halsband laten omgespen, 'toe Tristan', en ze probeerde alsmaar bij zijn kop te komen, maar sterk als hij was rukte hij die kop telkens opzij en met haar korte armpjes raakte ze niet bij zijn hals. Mama stond intussen al helemaal gekleed te wachten. Ze zei ineens, erg luid: 'Godverdomme, Cindy, duurt dat daar nog lang met dat rotbeest?' Cindy schrok er de tranen van in de ogen, zo ruw was mama zelden. Ze had intussen Tristan bij zijn pels uit die hoek en vanonder die canapé vandaan gekregen, ze hijgde ervan. Nu scheen hij zich niet langer te verweren, en ze praatte nog altijd even vriendelijk tegen hem, maar bij zijn oor kon ze niet meer komen. Ze schreide ook stilletjes omdat mama daar zo stond te vloeken en op Tristan aan het schelden was. En ineens voelde ze weer die pijn in haar borst, het knagen van die worm. Nu had ze Tristans kop wel degelijk beet en kon ze de halsband om zijn nek leggen en zelfs vastmaken. En nu kon ze ook de riem aanhechten. Op dat moment keek de hond haar aan, met een blik die zelfs een kind als zij nooit meer zou kunnen vergeten en direct daarna toonde hij zijn tanden, er steeg een gegrom op uit zijn keel en dat gegrom zwol aan, luider en heser dan ze het ooit van hem had gehoord en zijn muil werd boven de neus gerimpeld en die rimpels trokken op naar zijn ogen, het was net of hij lachte, maar zijn ogen waren heel geel. En ineens werd Cindy op de grond gegooid en ze zag eerst enkel maar tanden boven zich en daarna een flits van die gele ogen die nu veel lelijker keken dan daarnet en plots waren er vele handen en voeten die op en neer gingen net of er iemand boven haar aan het slaan en schoppen was en ze voelde ook pijn, veel pijn, in haar gezicht, en iets dat van haar wangen naar beneden liep en in haar mond terechtkwam en zoeterig smaakte en toen zag ze een rode mist rondom haar en haar arm ver van haar vandaan voelde iets zachts, de pels van Tristan, dat realiseerde ze zich nog even, en ineens hoorde ze, net of er na een oorverdovend lawaai plotse stilte heerste, ze hoorde in die rode nevel die alsmaar dichter werd en waar ze in wegzonk, ze hoorde een aanzwellend gegrom en een stem die schreeuwde: 'Tristan, godverdomme, hier, koest' en ook 'Cindy, Cindy', wat heel luid gegild werd, en toen weer dat gegrom en ook harde, heldere klappen naast haar en gegil en een hoog gejank en meteen realiseerde ze zich dat ze dat zachte aan haar hand niet meer voelde, haar arm viel met een tik op de grond en terwijl de rode mist helemaal dichttrok werd ook de pijn in haar gezicht erger en ze probeerde zich op te richten en te kijken, maar het lukte niet, en nu zweefde ze ineens hoog in de lucht, die rode waas werd minder dicht en ze keek naar de grond, ver onder haar, en daar lag een bruine vorm, Tristan, de lus van zijn leiband lag rond zijn nek geknoopt en er lagen grote witte scherven naast hem, precies bloemblaadjes. Tristan lag op zijn zij, zijn muil was halfopen en zijn tong stak erdoorheen naar buiten en op zijn kop was alles rood, en ook door het bruin van zijn pels drong rood heen, aan zijn rugkant. En Cindy dacht: nu heeft Tristan mama's tapijt smerig gemaakt, mama zal heel boos op hem zijn. En ze voelde nu ook dat er van haar gezicht iets omlaag droop en dat het rode strepen maakte op haar witte bloesje en neerdrupte op het tapijt en even nadien was de rode mist weer rondom haar, ze zat erbinnen opgesloten en daar waren allemaal handen en voeten die op Tristan terechtkwamen en dan ook wist ze plots waar die bloembladen vandaan kwamen: het was mama's grote kostbare vaas, niet lang geleden had ze die uit het café meegebracht, de scherven lagen naast Tristan en met plotse schrik dacht ze dat hij die vaas omver had gesprongen en dat mama nu wel érg boos op hem zou zijn en nu voelde ze dat ze ergens heen werd gedragen en de rode nevel werd zo dicht dat ze helemaal niets meer kon zien.

Het eerste wat Cindy zag, toen ze haar ogen opende, was: wit. Ze deed ze meteen weer dicht. Opende ze weer, maar voorzichtig. Wit was het bed, de muur voor haar, de muur opzij, het raam waarin heel hard wit zonlicht stak. Wit was zelfs de gedaante naast het bed en die keek haar nu ineens aan, glimlachte èn zei: 'Dag Cindy, schatje, ben je wakker?' Cindy herkende die stem, en toch kon ze ze niet thuisbrengen. Ze sloot weer haar ogen. Trok ze toen wagenwijd open en glimlachte naar mama die over haar bed gebogen stond, zodat ze het schelle zonlicht afschermde. Cindy keek in mama's lachende gezicht. En mama zei dat Cindy nu in het hospitaal lag en gewond was aan haar gezicht en Cindy wilde meteen voelen maar mama zei: 'Voorzichtig, kind!' En toen voelde Cindy echt ook een doek op haar wang en schuin weg van haar linker oog. Misschien kwam het daardoor dat alles zo wit was geweest, haar oog keek tegen die witte rand aan. Het duurde nog even voor ze zich echt realiseerde waar ze was, ze moest wéér haar ogen dichtdoen en toen drong het allemaal echt tot haar door, ze trok meteen weer haar ogen open en probeerde recht te veren, zo onbeheerst dat mama ervan schrok, ze voelde meteen een ruk van pijn in haar gezicht. Mama zei, nog voor Cindy iets had kunnen zeggen: 'Pas toch op, kindje, er zitten zeven haken in je wenkbrauw en wang.' Dat leidde haar weer even af, maar niet voor lang. Cindy zei dringend, hakkelend, het was een vraag die er ineens was: 'Waar is Tristan?' En ze keek mama nu vol in het gezicht. En mama sloeg haar ogen neer en antwoordde eerst niet, zodat Cindy wéér vroeg: 'Waar is Tristan, mama?' En nu zei mama vlak, haast onhoorbaar, wat Cindy eigenlijk al wist: 'Tristan is dood, kindje. Kijk eens naar mijn arm, zie je, hij heeft ons allebei gebeten en ...' Mama zweeg en Cindy sloot weer haar ogen, ze wendde zelfs haar gezicht af naar de muur en lag doodstil. Ze zag het allemaal weer voor zich, maar realiseerde het zich niet echt: vele voeten en handen die op en neer bewogen en veel lawaai en gegil, eerst waren die voeten en handen van Walter en toen waren ze de poten en de muil van een hond, het waren ook tanden die blikkerden bovenop een zwarte geribbelde rubberen lip en ze zag ook ogen, eerst vriendelijke tabaksbruine ogen die hard geel werden, erg boosaardig, en nu was ze bang en schreeuwde het uit, maar ze wist tegelijk dat ze geen geluid maakte, dat die schreeuw binnenin haar klonk en nu zag ze de hond weer op de vloer liggen en ze zag ook de gebloemde canapé die vol rode vlekken zat en de hondekop lag vol rode strepen tegen de canapé aan en rondom hem lagen witte stukken van iets, ze wist eerst niet wat het was maar toen herkende ze de reusachtige schelpen van de magnoliaboom, ze lagen uitgezaaid in het gras van de tuin en Cindy raapte zo'n blad op, het was als fluweel in haar handen, je kon er in schrijven zo zacht was het en ze probeerde met haar vingernagel heel langzaam TRISTAN te schrijven, heel mooi maar hoe ze het ook probeerde, de naam Tristan kôn ze niet schrijven, de letters weigerden gewoon onder haar hand en ze was wanhopig en liet het bloemblad vallen maar toen bleek het ineens van steen te zijn, het sloeg oorverdovend in op de kop van de hond, die hevig begon te bloeden en Cindy geloofde nu echt van zichzelf dat ze schreeuwde maar dat niemand haar kon horen, ze schreeuwde: 'Ik heb Tristan dood geslagen.' En nu hoorde ze een stem, verweg, sissend: 'Ssst, stil maar, ze slaapt nu weer, daarnet lag ze alsmaar te woelen.' Ze herkende die stem maar was te moe om er echt naar te luisteren en toen was er ook een andere stem: 'En zo moeten jullie nu noodgedwongen thuis blijven mevrouw?' En weer de eerste: 'Ja, het moet wel, al was ik nog zo dringend aan vakantie toe. Maar van zodra Cindy beter is... Trouwens met mijn arm...' De rest was onverstaanbaar. En Cindy vroeg zich vaag af of ze nu echt ziek was, of wat er eigenlijk scheelde. Maar er was alweer die andere stem: 'Gelijk hebt U, mevrouw, heb dan al een hond, hoe is het mogelijk...' En de eerste: 'Ja, maar het blijven beesten, onbetrouwbaar. We hadden hem beter in de kennel gelaten.' Cindy stelde zich voor dat de kamer nu vol mensen was, nee, vol stemmen die rondzweefden, stemmen als beschilderde ballonnen, maar ze was te slaperig om te willen kijken hoe zo'n stem zonder lichaam er echt uitzag, ze zuchtte alleen maar heel diep en toen zei de eerste stem weer, dat was de mama-stem wist ze ineens, en ze glimlachte omdat ze die stem herkende: 'Ssst, ik geloof dat ze wakker wordt'. En ze opende werktuiglijk haar ogen, keek in mama's gezicht boven haar, een zorgelijk gezicht dat één glimlach werd terwijl ze keek en ze zei spontaan: 'Dag mama.' En er was ook iemand anders, óók in het wit, die over haar boog en glimlachte en zei: 'Dag Cindy.' Die stemmen behoorden wel degelijk bij een lichaam. Maar hoe was het mogelijk dat die andere hààr kende? En die zei nu: 'Word maar gauw beter, Cindy, dan kan je met je mama op reis gaan. Naar Spanje, weet je dat nog?' En Cindy vroeg, met een stemmetje dat ze zelf haast niet hoorde, misschien omdat ze vreesde dat het pijn zou doen als ze te luid praatte: 'Gaan we dan naar Spanje, mama?' En mama zei: 'Jaja, kindje, dat weet je toch nog.' En de andere, met zelfs een wit mutsje op, ging ineens weg en glimlachte bij de deur en zei: 'Dag Cindy.' En toen vroeg Cindy, en ze zag meteen toen ze het vroeg hoe mama's gezicht vertrok precies of ze pijn had, Cindy vroeg: 'Wat doen we nu met Tristan, moet hij echt naar die kennel terug?' Mama schudde het hoofd, het was net of ze zou gaan schreien. Ze zei: 'Cindy, kindje, Tristan is heel stout geweest, ben je dat alwéér vergeten, hij heeft jou en mij gebeten en nu is hij dood...' Mama zweeg en hernam toen, op een andere toon: 'Maar ben je niet blij dat we binnenkort op reis gaan, wij met z'n tweetjes?' Cindy reageerde niet, ze was nog bij haar eerste gedachte, bij Tristan. Toch drong het langzaam tot haar door dat Tristan dood was. Ze probeerde zich nu voor te stellen hoe dat was, maar slaagde daar niet in, ze kreeg daar niet het minste beeld bij en dacht toen aan zichzelf zoals ze hier lag. En plots, heel even, zag ze Tristan weer op de vloer liggen, met de muil halfopen en de tong uit de muil en die blikkerende tanden. Hij lag doodstil. Zoals ook zij hier doodstil lag. En ze hield haar ogen stijf dicht opdat mama de indruk zou hebben dat ze sliep. En nu moest die andere vreemde vrouw weer in de kamer zijn, want ze hoorde: 'Kijk eens aan, mevrouw, Cindy slaapt zo mooi. Ze lijkt net Doornroosje, vind je ook niet?' Ze hoorde niet wat mama daar op antwoordde, maar dacht er plots aan dat die vreemde vrouw dus ook moest weten dat ze eigenlijk een prinsesje was, en dat ze nu inderdaad net als Doornroosje sliep. Want ook die sliep niet echt, van zodra de prins haar een kus gaf deed ze haar ogen open. En toen dacht ze plots aan de grappige manier waarop Tristan haar een grote kus had gegeven, iedere keer dat ze erom vroeg.

III

Cindy was tien jaar toen de man met zijn vreemde naam in haar leven verscheen. Mama had zijn komst al enkele keren aangekondigd: in haar café kreeg ze geregeld het bezoek van een erg aardige vreemde man, zei ze, en ze noemde ook zijn naam. Ibrahim. De rest van zijn naam kon ze niet uitspreken. Ze had hem uitgenodigd om eens te komen, maar dat durfde hij niet zo best. Hij was erg schuw, voelde zich in het land niet goed thuis. Maar hij kwam graag met haar dochtertje kennis maken, alleen was hij bang dat ze van hem zou schrikken. Van zijn donkere, getaande huidskleur. Cindy was daar enigszins verwonderd over: grote mensen trokken zich weinig aan van de reacties van kinderen. Misschien was die man echt wel apart, zoals mama het zei. Misschien wel even apart als zijn naam: Ibrahim, maar mama noemde hem Ptibram. Een koosnaampje.

Ibrahim kwam. Misschien kwam het inderdaad door dat 'petit' dat Cindy verrast was. Ptibram bleek namelijk heel struis te zijn. En hij was zichtbaar een vreemdeling: donkerbruin van huidskleur, een hoekig gezicht met vooruitspringende jukbeenderen, overvloedig zwart krullend haar, harde gitzwarte ogen en heel lange donkere handen. Cindy had dit alles al meteen gezien toen hij aanbelde. Ze keek door het gordijntje naar die man voor de deur. Ze vond dat hij ernstig keek, een beetje droevig. Of misschien boos. Toen deed mama de deur open en ineens werd zijn gezicht helemaal anders, een glimlach trok de mondhoeken omhoog en dat gezicht lachte tot tegen de jukbeenderen. Ook de ogen lachten. Cindy vond hem meteen sympathiek. Nu pas zag ze dat hij zijn ene arm achter de rug hield en ineens kwam die arm te voorschijn met een bos rozen erin. Ze hoorde hoe mama zich geforceerd boos maakte: 'Maar Ibrahim! Rozen, op deze tijd van het jaar!' Zolang hij daar stond was het Cindy evenmin opgevallen dat zijn jas wanstaltig dichtgeknoopt was; ze merkte het pas toen ze door de gang naar hem toeliep, omdat mama geroepen had: 'Cindy, kom Ibrahim eens goeiedag zeggen, kind.' Het viel haar op dat mama hem nu Ibrahim noemde, niet Ptibram. Cindy liep naar hem toe, glimlachend omdat het zo hoorde, maar die glimlach lag een beetje pijnlijk bovenop haar gezicht, eigenlijk moest ze moeite doen om te lachen. Ze stak bedeesd haar hand uit. De man lachte even stralend naar haar als daarnet naar mama. Hij zei met een wat vreemd accent: 'Dag Ciendy.' Hij schudde haar hand. Cindy vond het een beetje jammer dat hij haar geen handkus gaf. Maar toen ze in zijn gezicht keek, vond ze hem wéér sympathiek. Het leek of hij bang voor haar was, of onwennig. En dat was ze van grote mensen niet gewoon. Toen knoopte hij plots zijn jas los en reikte haar een langwerpig pak aan. 'Dat is voor jou!' zei hij. Mama dreigde met de vinger, maar hij schudde het hoofd en zijn ogen lachten. 'Doe het maar open, Ciendy!' zei hij. Ze begon eraan, haar hartje klopte ineens van spanning. Terwijl ze het bruine pakpapier moeizaam afwikkelde dacht ze eraan dat ze van al die vorige 'ooms' alleen maar geld had gekregen, nooit iets voor zichzelf. Wat kon zo'n vreemde, donkere man haar eigenlijk schenken? Ze maakte nog wat papier los en zag het. Een pop. Maar deze pop was anders dan al de andere, anders ook dan de witte harlekijn die al een tijdje niet meer bij haar in bed kwam. Ze was gemaakt uit veelkleurige lapjes stof, die een soort pofbroek vormden. Die kleren waren zo kleurrijk en zo vrolijk dat je moest lachen als je ernaar keek. En dat deed Cindy. Ze lachte. Heel stilletjes, niet langer geforceerd. En ondertussen legde de man aan mama uit dat in zijn land dit soort speeltuig gemaakt werd... De mensen waren te arm om speelgoed te kopen, daarom maakten ze het zelf. Het was de lievelingspop geweest van zijn jongste zusje, ze had hem die gegeven toen hij jaren geleden naar dit land was komen werken. En nu had hij gedacht... misschien... hij raakte niet uit zijn woorden. Mama schreide bijna van ontroering – mama had trouwens altijd haast meteen de tranen in de ogen; ze zei dat ze eigenlijk veel te gevoelig was – en de vreemdeling was ook een beetje ontroerd. Hij trok eventjes de neus op en keek plots ernstig. Hij had zijn jongste zusje niet graag achtergelaten, zei hij, hij was verantwoordelijk voor haar. O ja, hij had meerdere broers en zussen in Algerije, maar vooral van dat zusje te moeten scheiden was hard geweest. Ze was toen zowat even oud geweest als Ciendy nu. Hoe ze heette, dat wilde mama weten. 'Aisja, net als de lievelingsvrouw van de profeet.' Cindy begreep dit toen niet, maar mama legde haar 's anderdaags uit dat Ptibram mohammedaan was. Dat was een soort godsdienst, zei mama, Allah heette hun God en Mohammed was zijn profeet. Diezelfde avond, toen ze aan tafel zaten, had Ptibram ook nog gezegd dat Aisja uitgehuwelijkt was even nadat hij naar dit land afreisde. Ook daarover had Cindy uitleg willen vragen. Mama zei 's anderendaags ook nog dat in Ptibrams land de meisjes haast vanaf hun geboorte voor een man bestemd waren en dat die man dan zijn vrouw moest kópen. Ptibram had gezegd dat hij niet eens aanwezig had kunnen zijn op Aisja's huwelijk, hoewel hij het, bij haar geboorte, op zich had genomen om voor haar te zorgen. Hij had altijd veel van Aisja gehouden, zei hij. 'Ze lijkt op Ciendy', zei hij plots, 'maar Aisja is natuurlijk veel donkerder van huid en haar.' En al de tijd dat hij in het land was, had hij dat popje bewaard, maar nu wilde hij het aan Cindy geven. Zou Aisja het hem dan niet kwalijk nemen dat hij het aan haar gaf? 'Oh nee, Ciendy', zei Ptibram, 'Aisja heeft nu zorgen genoeg. Ze heeft al vier kinderen', zei hij tegen mama, 'en ze is pas zo oud.' Hij toonde zijn twee handen, daarna één hand en twee vingers. 'Wàt!' zei mama, 'pas zeventien en al vier kinderen?'

Cindy keek de hele tijd naar dat veelkleurige lappenpopje en terwijl ze ernaar keek werd het alsmaar mooier. Ze had ineens niet langer de neiging om te lachen, ze had zelfs een beetje verdriet, alleen wist ze niet waarom. Ze besliste toen, zonder dit meteen te zeggen, dat ze Aisja op haar kamer zou bewaren, natuurlijk was het geen speelkind, je kon het ook bezwaarlijk in een poppewagen rondrijden, maar dat kon je met die witte Harlekijn eigenlijk evenmin. De hele verdere avond zat ze met Aisja op haar knieën. Ze had de indruk dat ze daar Ptibram blij mee maakte. Zijn ernstige blik was niet langer droevig, vond ze.

Mama was gelukkig dat ook Cindy de donkere Ibrahim aardig vond. Na die eerste avond kwam hij vaak terug. En altijd had hij iets voor Cindy mee. Meestal van die veelkleurige, vreemdsoortige zoetigheden. Ze vond die eigenlijk alleen maar lekker omdat ze van Ptibram kwamen. Iedere keer zei mama dat hij dat niet mocht doen, maar dan zei hij lachend dat hij dat wilde en dat hij gelijk had. En mama deed dan net of ze boos was en hij lachte al zijn witte tanden bloot. Hij had héél witte tanden, dat kwam waarschijnlijk doordat zijn gezicht zo donker was. Iedere keer dat Ptibram kwam, was het voor Cindy feest. En meestal bleef hij, ook nadat Cindy al gaan slapen was. Op een keer was hij er 's morgens nog. Cindy maakte daaruit op dat hij was blijven slapen. Ze vroeg hem, op de man af, of hij bij mama geslapen had. Hij deed een beetje schutterig en mama reageerde boos, maar Cindy zei er meteen bij dat ze erg blij was. Dat betekende dat Ptibram haar papa wilde zijn, zei ze. Naderhand kwam Ptibram haast iedere avond en Cindy, die sedert de dood van Tristan vaak alleen was en ook bang, maar daar nooit meer iets over zei, was nu op slag niet meer alleen. Ptibram zat vaak al op haar te wachten als ze uit de school thuiskwam. Mama besprak met haar – 'onder grote mensen', zei ze – of ze ermee akkoord ging dat Ptibram 's nachts bleef slapen. Cindy

jubelde. Van dan af sliepen mama en Ptibram in de grote slaapkamer en Cindy stond iedere morgen wat vroeger op om afscheid van hem te kunnen nemen, de keren tenminste dat hij de dagploeg had in de fabriek. En als hij met de ochtend- of de nachtploeg moest optrekken, kwam hij haar aan de schoolpoort opwachten.
De eerste keer dat hij er stond, was er een beetje herrie geweest: juffrouw wilde haar niet laten meegaan met die vreemdeling. Ptibram kon het niet uitleggen en naar Cindy luisterde juffrouw niet. Maar 's anderendaags kwam mama mee en ze zei dat Cindy nu vaak door Ibrahim zou afgehaald worden. Voor Cindy was het iedere keer een verrassing als Ptibram daar stond, tussen die andere mama's en soms een enkele papa in. Ze zei tot haar vriendinnetjes, die verbaasd waren dat ze die vreemde, donkere man zo enthousiast om de hals vloog: 'Dat is mijn papa!' De eerste keer dat ze dit gezegd had, was ze verbaasd geweest over zichzelf. Ze had er de hele dag over lopen te piekeren en tenslotte was ze ervan overtuigd geweest dat het zo was. Ptibram wàs haar papa. Daarom was ze zo gelukkig. En ze zei, die hele dag door, dat ze van Ptibram hield.
Cindy was weer heel spontaan geworden. Ze ging met juffrouw praten over Ibrahim, die ze nu haar papa noemde. Op een keer had ze opgevangen dat haar juffrouw tot een andere zei: 'Cindy is een heel ander kind geworden sedert...' En toen zei de andere: 'Ja, en je merkt ook dat die vreemde man aan dat kind gehecht is.' Toen hadden ze haar gezien en meteen gezwegen.

Na enige weken had mama Ptibram ertoe kunnen overhalen om helemaal bij hen te komen inwonen. Dat was de reden waarom ze mee mocht naar het huisje waar Ptibram al jaren woonde. Het 'huisje', zoals Ptibram het noemde, lag vlakbij een half vervallen textielfabriek. Eigenlijk stonden daar een hele rij krotten bij elkaar. 'Onbewoonbaar verklaard'. Dat stond te lezen op een houten bord, vlakbij de ingang. Maar alle huisjes werden bewoond door Noordafrikanen. Die hadden er wat op gevonden om de armetierigheid ervan te verbergen: ze hadden ze geschilderd, groen en rood en geel en blauw. Cindy moest meteen denken aan zo'n verschrikkelijk zoet Noordafrikaanse pasteitje dat Ptibram vaak voor haar meebracht. Het zicht van die huisjes met de zon erop was wél feestelijk. Eigenlijk veel mooier dan die hele fabriek met haar trieste, verwaarloosde uitzicht.
Cindy sprong al meteen uit mama's wagentje en rende over een paadje bezaaid met kapotte bakstenen, dakpannen en grint naar het huisje dat Ptibram als het zijne had aangewezen, het was dat helblauw geschilderde. Maar ze liep er voorbij en stond nu uit te kijken over de rivier, die vlak langs de muren van die fabriek voorbijvloeide. Ze keek neer op een soort belt van stenen die schuin naar de rivier afgleed, zag het water dat even stroomopwaarts schuimde omdat een dikke buis daar een soort zeepsop loosde, keek toen naar de overkant: een pad langs de rivier, kleurige bermen, weiden die lichtjes glooiden, een hoevetje, koeien, een rijtje knotwilgen tegen een helling van bruin bouwland aan... hé, ze herkende deze plek... hoe ze daar niet meteen aan ge-

dacht had toen Ptibram vertelde waar zijn huisje lag...Vroeger kwamen mama en Cindy wel eens wandelen of fietsen langs de rivier en toen had mama dat rijtje huisjes in allerlei kleuren aangewezen, naast die verkrotte fabriek en die belt vol stenen die naar het water toeschoven. Cindy kon toen nog niet weten dat Ptibram daar woonde, ze kende hem nog niet. Maar mama zei iedere keer dat het toch maar triest moest zijn om daar te wonen; want dat daar mensen woonden hadden ze al meteen gezien: er speelden kinderen naast die huisjes en die keer waren er opeens ook vrouwen met lange zwarte rokken geweest en zelfs een man die op de belt helemaal tegen het water naar ze staan fluiten had; hij had ook iets geroepen waar mama hard om moest schateren, hé, was dat misschien Ptibram zelf geweest? Gek eigenlijk, terwijl ze naar dit landschap keek, vond ze dat het hier toch prettig wonen moest zijn. Het was een gedachte waar ze geen raad mee wist, een halfgedachte eigenlijk. Misschien was Ptibram inderdaad wel gelukkig geweest in zo'n huisje. Maar van nu af aan zou hij nóg gelukkiger zijn.
Cindy stond daar nog altijd naar de overkant te kijken, toen mama's stem haar deed opschrikken: 'Kom je nou nog, Cindy?' Ze keerde zich om en merkte nu pas dat die huisjes inderdaad bewoond waren, er stonden vrouwengezichten door de ruiten naar haar te kijken en op de drempels zaten kleine kinderen met snotneuzen en Cindy was ineens erg geschrokken want die mensen keken niet zo vriendelijk naar haar. Ze rende naar mama toe, die naast het groene geitje stond en ineens was er

een gedachte die haar weer blij maakte: mama's groene geitje paste hier uitstekend, dacht ze, het had precies dezelfde kleur als dat groene huisje, het eerste in de rij. Ptibram wachtte ook al op haar en nu gingen ze een huisje binnen, nee, niet het groene, maar het helblauwe met een dak waarvan pannen ontbraken, dat zag Cindy nu. Ze schrok meer dan mama, die het ongetwijfeld al wist: daarbinnen was er een groezelig licht en er stonden vooral bedden – Cindy telde er vijf – één in een hoek, de andere twee aan twee boven elkaar en in het midden stonden een tafel en enkele stoelen. Ptibram gebaarde naar mama dat ze moest gaan zitten en zelf ging hij ook zitten. Pas toen zag Cindy dat er nog vier mensen in de kamer waren; ze zaten met gesloten gezichten op de bedden en keken naar hen; met hun ogen die glinsterden in het halfdonker leken ze een beetje op ratten; zonder mama en Ptibram in de buurt, zou Cindy bang geweest zijn. De mannen stonden op en kwamen langzaam naar hen toe en staken hun hand uit. Cindy gaf aan alle vier een hand. Ptibram zei hoe ze heetten, vreemde namen die haar ontgingen, het was hier ook veel te onbehaaglijk om echt te luisteren. Ze durfde hen zelfs niet in het gezicht kijken. De mannen gingen weer sloom neerzitten op hun bedden met hun lange handen tussen hun knieën en Ptibram was nu tegen hen bezig in een taal die leek op het gesnater van eenden, met veel keelklanken en gegaggel, en allemaal sjsjgesis, alsof hij tegelijk al die eenden wilde wegjagen. Cindy keek naar de gebarsten vloer en de muur die gekalkt was in hetzelfde blauw als de buitenkant van het huisje. Hier en daar waren er barsten in de blauwe laag gesprongen en die vormden grillige witte tekeningen, er was zelfs een kop van een beest bij, dacht Cindy, een soort hondekop. Toen stond Ptibram recht en ging naar het aparte bed. Hij trok een houten koffer te voorschijn en begon de dekens en de lakens van het bed op te vouwen. Mama zei iets, Cindy begreep het niet helemaal. Mama bedoelde ongetwijfeld dat ze thuis dekens en lakens genoeg hadden, want Ptibram rechtte zijn rug en hield zijn handen stil. Hij zei iets tot de anderen in die eigenaardige, gaggelende taal van hem. En de anderen hapten en snapten nu door elkaar, precies of ze zich opwonden en ruzie maakten, maar hun gezichten stonden vriendelijk, hoewel een beetje verwrongen. Ze gebaarden ook naar mama en haar. Ptibram zei dat zijn maats hem bedankten en ook hàààr, mama. Toen stond hij op, met de koffer in de hand. Ook de vier anderen stonden op. Plots leek er een heftige discussie aan de gang. Ptibram keek van de ene naar de andere, schudde het hoofd, mengde zich in het gesprek met veel luidere stem dan de anderen, maakte gebaren die de hele kamer leken te omsluiten, wees naar een van de vier. 'Hij krijgt mijn bed, hij is hier het langst', zei hij tegen mama.

Toen ze naar buiten gingen, stond ineens dat hele weggetje vol volk. Cindy keek er verlegen naar. Ze keek tegelijk ook naar de fabrieksmuur waartegen schroot op een hoop gegooid lag, daar groeide een soort bloem doorheen met grote kronen vol gele platte bolletjes. Ze boog zich en plukte zo'n kroon, maar kreeg meteen een walgelijk reuk in de neus. Ze liet de gele kroon vallen en wreef haar hand aan haar zakdoek, in haar jaszakje. Een paar kinderen giechelden. Al die mannen, vrouwen en kinderen keken nu naar haar en naar mama. Mama zei tegen Ptibram dat ze zich slecht op haar gemak voelde. Cindy was meteen bang: die vreemde donkere mensen, die harde gesloten mannengezichten, die vrouwen met hun donkere lange kleren aan en die haveloze kinderen met vieze gezichten, ze vond ze toch maar griezels. Ibrahim zei meteen iets in zijn eendentaal en toen lachten ze allemaal en er werd weer over en weer gesnapt en gesnaterd. Toen Cindy en mama in het wagentje stapten, stonden in de ruitjes van het geitje allemaal vriendelijke gezichten. Mama glimlachte ook, maar toch een beetje verlegen, dacht Cindy. Maar ze zwaaide naar al die mensen. 'Ze lijkt op een echte koningin', dacht Cindy, 'ze zwaait naar het volk.' En toen zwaaide ze eveneens.

De komst van Aisja had verandering gebracht in Cindy's poppenhiërarchie. Zonder spijt had ze de witte Harlekijn opgeborgen. Telkens als ze naar hem keek, ergerde ze zich aan zijn bedroefde smoeltje. Eigenlijk kwam het erop neer dat ze Walter opborg, achter in een lade van haar hoofd, maar dat besefte ze nog niet. Harlekijn lag nu, weliswaar met al zijn witte kleren zorgvuldig glad gestreken, in de lade bij haar andere poppen, waar ze nog maar zelden naar keek. 'Ik word te groot voor poppen', dacht ze. En dat zei ze ook. Omdat mama het eens gezegd had. Maar voor Aisja maakte ze een uitzondering. De lappenpop Aisja met haar bitterzoete geur – Cindy zei dat het wierook was, maar mama grinnikte: 'ja, motteballen' – lag voortaan op de gehaakte sprei, op de plaats van Harlekijn. Aisja leek vrolijk en ze maakte ook Cindy vrolijk. Alleen was het wat moeilijk om met Aisja te praten, meende Cindy: om te beginnen al was er dat lichaampje van haar, dat er eigenlijk geen was; maar er was vooral de taal: welke taal kon je spreken met de pop van een Algerijns meisje, tenzij de taal van dat meisje zelf, een taal vol keelklanken en slikgeluiden en veel gelal. Cindy probeerde het, als ze alleen was. Ze dacht meteen, proestend, aan de kalkoen van boer Santens, waar mama soms eieren en melk haalde. Maar die kalkoen was eigenlijk een onvriendelijk en brutaal beest, zoals hij ineens de kop met de rode lellen ophief en aan het gaggelen ging. En de hele tijd keek Aisja naar haar met haar kralen oogjes. Het was duidelijk dat ze Cindy niet begreep. Daarom besloot Cindy in het vervolg gewoon haar eigen taal te praten, die pop was tenslotte al zo lang in dit land. Ze wiegde de lappenpop in haar armen en zette ze toen maar in het poppestoeltje neer.

Intussen was er veel anders geworden in Cindy's leventje. En ze geloofde dat er nog veel meer zou veranderen. Ptibram wilde dat mama niet langer naar dat café ging werken. Dat zou dan betekenen dat mama altijd thuis zou zijn! Maar mama verzette zich daartegen. Cindy had daar nogal wat heftige gesprekken over opgevangen. Mama ratelde maar door, Cindy begreep haast niets van wat ze zei, ze luisterde trouwens ook niet, maar 'broodwinning' kwam alsmaar terug. Op een keer

zei mama ook dat hij, Ptibram, desnoods maar moest ophoepelen. Cindy zat daar iedere keer met glazige nietziende ogen naar de muur te kijken, precies of zij er niet bij was. Ze had vooral met Ptibram te doen: hij kende te weinig woorden om mama te antwoorden en begreep haar evenmin helemaal. Hij was meestal eerst wat uit zijn lood geslagen, wond zich daarna onredelijk op en sloeg tenslotte over in een stortvloed van bevreemdende klanken, heel vlug, ratelend, hikkend, slikkend. En mama stond dan telkens perpleks en gilde, met haar armen in de lucht en een grappig dramatisch gezicht: 'Hou toch op, hou toch op, wat een litanie!' En ze schaterde het uit en hij deed hetzelfde en het slot was dat mama naar Ptibram toeliep en hem zoende en dat ze aan het vrijen gingen. Over mama's werk werd dan niet meer gesproken. En Cindy zat daar de hele tijd afwezig bij, in zichzelf gekeerd, alsof het haar niet aanbelangde. Eigenlijk was ze een beetje jaloers op mama, ze had gewild dat Ptibram óók met haar vrijde, maar iedere keer dat ze zich flemend tegen hem opdrong of hem een zoentje gaf, deed hij schutterig. Mama zei dat meisjes als zij in zijn land niet meer zo aanhalerig deden: op Cindy's leeftijd moesten ze al aan trouwen gaan denken.
Ptibram was inderdaad vreemd. Daar kwam in de eerste plaats dat 'mohammedaanse gedoe', zoals mama het noemde. Hij had een speciaal matje mee, met een curieus motief erin geweven, en dat tot op de draad versleten was. Hij zei dat hij vijf keer per dag moest bidden, op dat matje. En dat deed hij ook. Hij ging altijd bidden in de slaapkamer. Cindy had hem daar eens plat op de

grond zien liggen. En mama leek helemaal niet te spotten met wat Ptibram deed. Ze zei zelfs eens dat je kon zien dat Ptibram het méénde. Naderhand was Cindy het gewoon gaan vinden. Ze keek toe als hij zijn gebeden zei. Mama had gelijk: het leek precies of de wereld dan niet bestond. 'Je zou een bom achter zijn hielen mogen doen ontploffen', zei mama eens, 'boem, en hij zou nóg voortbidden.' En Cindy stelde het zich voor: de hele wereld aan gruzelementen en Ptibram zwevend door die ontploffing, op zijn matje geknield met zijn neus tegen dat matje aan.

Cindy keek naar hem, zoals hij daar neerzat. Hij boog een paar keer naar de grond, prevelde iets wat zonder twijfel gebeden waren, lag toen helemaal plat, richtte zich weer op. Het enige wat ze op de duur heel goed kende was 'Allah akbar, Allah akbar', met daarna een hele sliert van die halfluid gemurmelde gorgelende sj-woorden die overgingen in hik- en slikgeluiden. En iedere keer geloofde Cindy dat Ptibram anders was, vriendelijker, maar ook meer in zichzelf gekeerd, als hij rechtstond en het matje opvouwde. Hij glimlachte dan, de glimlach van altijd, maar het leek net of die glimlach van binnenuit kwam.

Aan Ptibrams eigenaardige gewoonten wende je wel. Hij drong ze ook niemand op, maar onderbrak heel bescheiden het samenzijn, en zat even later in de slaapkamer, op zijn matje. Soms had Cindy zin om naast hem te gaan neerknielen en al die gebaren mee te maken, maar ze wist niet hoe hij het zou opnemen.

Intussen maakte Ptibram, op zijn bescheiden manier, ook alsmaar bezwaren tegen het vlees dat mama hem voorzette. Mama dacht eerst dat hij nooit vlees at, dat hij een vegetariër was. Maar Ptibram zei dat hij geen vlees van een 'jifa' at. Cindy proestte het uit en omdat mama en Ptibram haar vreemd aankeken, zei ze dat ze aan juffrouw had gedacht. Als de kinderen op school naar juffrouw riepen, terwijl ze met hun vinger zwaaiden, klonk het net zo: 'jifa, jifa'. Jifa betekende dus vlees. Ptibram legde toen geduldig uit dat het woord betekende: vlees van een dier dat niet ritueel geslacht was. Hij zei ook hoe het moest gebeuren, want dat wist mama niet. Het dier, een geit, een schaap, maar ook een rund, moest in één keer de hals worden overgesneden en het bloed moest je laten wegvloeien. Het dier mocht ook niet lijden; het moest meteen dood zijn. Daarna moest de kop afgesneden worden. De slager moest 'rein' zijn – Cindy begreep niet wat dit betekende, maar mama blijkbaar wel – en hij moest beginnen met een gebed tot Allah. Mama schokschouderde, zoals vaker als ze met iets niet akkoord ging, maar Ptibram zei dat het in zijn boek stond. 'Hier staat het!', zei hij en hij toonde zijn boek met die ingewikkelde tekeningetjes van letters. Cindy was altijd weer verbaasd dat hij zoiets kon begrijpen, maar hij zei hetzelfde als hij hààr letters bekeek. Mama zei ten einde raad dat hij dan maar vlees van zo'n ritueel gedood beest moest gaan halen, 'je moet toch vlees eten', zei mama, 'anders word je te flauw!' Maar waar vond je zulk vlees?
Van dan af bracht Ptibram altijd het vlees zelf mee, hij

moest daarvoor de grens over, waar veel Algerijnen woonden en die hadden zelfs een beroepsslachter voor hen alleen. Mama vond het een zorg minder, maar na enige tijd deed ze verveeld over dat schapevlees dat zo'n weeë smaak had en ook veel te vet was. Ze begon er tegenop te zien om alsmaar die vreemde kost te moeten klaarmaken: couscous en Tolga-koeken opgevuld met rijst en voorgezouten lamsvlees en mechoui en alsmaar olijven, zwarte en gele, en ook vijgen en gerste- en sorgo-pannekoeken... Van gisteren op vandaag was het eten anders geworden, zei mama. Cindy vond ook dat het allemaal zulke vreemde smaken had, maar ze hield daar wel van. Meer dan mama, die zei ertegen op te zien om dat allemaal klaar te maken. Daar werd af en toe over gezeurd, tot Ptibram zich op een keer, op zijn gebruikelijke manier opwond en ook dié taak overnam. Van dan af kwam mama thuis en had enkel nog maar haar voeten onder de tafel te schuiven.

Toen, eigenlijk min of meer verwacht – mama en Ptibram hadden daar al vaak over gepraat en hun gezichten stonden dan heel zorgelijk – was Ptibram zonder werk. Er waren massale afdankingen gekomen in de weverij waar hij werkte – Cindy wist waar die lag: ze kwamen daar af en toe voorbij met het wagentje; het was niet meer die verkrotte fabriek met haar kleurrijk rijtje woninkjes, maar een enorm nieuw bedrijf; Cindy wist dat er naaldvilt gemaakt werd, maar wat dat juist was en wat Ptibram daar eigenlijk deed, dat wist ze niet. Mama had haar nooit een begrijpelijke uitleg gegeven, dus dacht

Cindy dat mama het evenmin wist. En Ptibram zei dat ze dierenhaar samenstampten tot tapijten, wat Cindy ook niet begreep. De avond dat hij met het onheilsbericht thuis was gekomen, was er opeens een laaiende ruzie tussen mama en Ptibram. Ptibram deed erg ontgoocheld en sloeg op tafel, hij maakte Cindy bang; en mama stond opeens uitdagend voor hem. Ze zei: 'Ha, en naar dat café mag ik niet meer gaan; meneer is jaloers, maar die andere mannen bezorgen me tenminste geld!' Toen hief Ptibram opeens zijn hand op, alsof hij zou slaan. Cindy zat er met wijdopen ogen bij. Ptibram zei: 'Stuur Ciendy weg, ze moet niet zien dat we ruziën.' En mama stuurde Cindy naar buiten. Cindy vroeg zich af of Ptibram echt geslagen had; het was een hele opluchting toen ze even later merkte dat er geen vuiltje meer aan de lucht leek.

De morgen daarop ging Ptibram niet naar de fabriek en 's avonds stond hij Cindy op te wachten aan de schoolpoort. Van dan af begon een gezellige tijd voor allebei. Cindy hoefde niet meer op school te blijven. Dat voorjaar, van zodra er zon was en zacht weer, gingen ze samen op stap. Ptibram vertelde over de kinderen uit zijn land en over het kind dat hij zelf was geweest, ginder, in de woestijn: een kind met een opgezwollen buik en mooie ogen vol vliegen; over het dorp dat tegen een heuvel aangebouwd was, daar woonde zijn familie nog steeds: witgepleisterde huisjes, net kubussen, straatjes met wolken stof in droge seizoenen en vol plassen en slijk van zodra het regende – het regende weliswaar niet vaak, maar altijd heel hard; en die straatjes kwamen samen op het dorpspleintje, waar een waterput was en stenen omheiningen voor de runderen en de schapen. En rondom het dorp lagen de boomgaardjes van olijfbomen en dadelpalmen, daar had hij als jongen door gerend en daar hadden ze zo vaak verstoppertje gespeeld. Cindy kon het zich maar moeilijk voorstellen. Ze vroeg of dat dorp misschien een beetje leek op Spanje, waar ze vorig jaar met mama was geweest. Ptibram zei dat hij Spanje kende, maar zijn dorp was nog veel armer, zei hij. En de huisjes waren gemaakt met stenen van gedroogde modder en stro, en de bepleistering was ook modder, en als het hard regende spoelde zo'n huisje haast weg. Cindy dacht weer aan Spanje. Nee, zo was het toch niet. Maar mama had eigenlijk alleen maar aan het strand willen liggen, ze zei dat ze doodmoe was en dat Cindy ook veel moest uitrusten – ze was toen pas thuis uit het hospitaal. Eigenlijk hadden ze daar weinig gezien. En Ptibram vertelde maar, op zijn aarzelende, zoekende manier waar Cindy erg van hield. Al zei mama soms dat ze er met geen stokken door kon slaan, zoals die twee samen bezig waren. Ptibram zei altijd dat Cindy hem de taal van haar land leerde. En als Ptibram niet met haar bezig was, las Cindy haar sprookjes. En soms dacht ze dat de vreemde verhalen van Ptibram leken op de sprookjes die zij las.

Toen ze samen gingen wandelen, viel het Cindy plots op dat Ptibram van honden hield. Zelf was ze erg bang geworden van honden. Mama en ook juffrouw hadden haar herhaaldelijk gewaarschuwd; en daar was ook nog

Tristan. Het leek net of ze hem vergeten was, maar het was eigenlijk vreemd: ze geloofde dat datgene wat met Tristan gebeurd was niet haar, maar die andere Cindy was overkomen, die andere die zij op de een of andere manier ook was. Ptibram zei dat hij altijd de neiging had om honden te strelen, vriendelijk tegen ze te zijn. En toen Cindy naar waarheid zei dat ze bang was van honden probeerde Ptibram haar angst weg te lachen. Honden waren ongevaarlijk, zei hij. Maar je moest wel zorgen dat je zelf te vertrouwen was, want dat had een hond altijd meteen door. 'Ik zal je eens wat vertellen', zei Ptibram, 'het is een sprookje uit mijn land:
Een jongeman hield veel van honden, waar hij kwam streelde hij ze en ze liepen naast hem mee. Op een keer trok hij de woestijn in en hij kwam in een dorp terecht waar mensen woonden die niet van hem hielden. Een van de honden was hem gevolgd. De jongeman liep een van die bochtige straatjes binnen waarlangs de gepleisterde huisjes stonden. Ineens werd hij door een kerel in een witte bournous over een drempel naar binnen gesleurd. De hond stond op een afstand toe te kijken met de kop scheef en het oor schuin over zijn oog. Hij blafte kort en liep toen weg. De moeder van de jongeman had verdriet toen haar zoon niet terugkeerde. Ze wist dat hij de woestijn was ingetrokken en geloofde dat hij verdwaald was. Ze zond mannen uit om hem te zoeken, maar die vonden enkel een paar geraamten van dieren. Op een keer kwam de kerel in witte bournous naar het dorp van de vermiste jongeman. Voor de deur van het huis waar de moeder woonde, werd hij plots aangeval-

len door een hond. Hij vluchtte het huis binnen. De moeder van de jongeman, die hem niet kende, zette meteen thee en waarschuwde hem als de hond er niet meer was. Maar toen hij zich naar buiten waagde, was de hond er ineens weer. Hij rende naar de kerel toe en beet zich vast in zijn been. De andere dorpelingen verjoegen de hond, maar de treurende moeder begon daarover na te denken. En nadat ze heel lang nagedacht had, ging ze naar de kalief, dat is de burgemeester, en vertelde hem over haar zoon én over die hond. Toen de kerel in witte bournous wéér in het dorp kwam, en wéér last had met die hond, liet de kalief hem arresteren en voor ondervraging opleiden. Hij werd hardhandig verhoord, kreeg zelfs dertig stokslagen, maar moest vrijgelaten worden. Hij zei dat hij onschuldig was. Toen hij buitenkwam stond de hond daar weer, maar de mannen van de kalief joegen het beest weg. De kalief, die daarvan op de hoogte werd gebracht, gaf toen het bevel die hond te volgen, dwarsdoor de woestijn. Dit gebeurde. De kerel keerde terug naar zijn dorp, zo vlug hij kon. Maar de hond volgde zijn spoor. En de mannen van de kalief kwamen achter die hond aan. Toen ze bij het huis van die kerel aanbelden, stond de hond er al. Hij huilde en keek alsmaar naar de helpers van de kalief. Deze zorgden ervoor – zo had de wijze kalief het bevolen – dat ze de hond binnenlieten toen de kerel zijn deur op een kier zette. Een helper trapte de deur helemaal open en de hond schoot tussen zijn benen door, regelrecht naar de waterput op de binnenplaats. Daar stond hij weer te huilen. 'Er staat al vele jaren geen water meer in die put', zei de

kerel, 'daarom is hij met stenen dichtgegooid.' De bedienden van de kalief keerden terug, nadat ze geholpen hadden om de hond weg te jagen. En de kalief luisterde, dacht lange tijd na en beval toen zo snel mogelijk terug te keren naar dat huis. Toen de bedienden aanbelden werd niet meteen opengedaan. Daarom beukten ze de deur in en ze zagen nog net hoe die kerel wegvluchtte: hij was bezig geweest de stenen uit die put naar boven te halen. Hij werd gemakkelijk gevat en wist niet meteen te vertellen waarom hij dat werk deed. De bedienden bevalen hem voort te werken, altijd maar voort. En als hij ophield dreigden ze met hun stokken. Tenslotte zagen ze onderaan de put, in het water, een half vergaan lijk liggen. Ze hadden de stank al geroken toen ze binnenkwamen. Dat lijk was natuurlijk die jongeman.'
Ptibram zweeg even. Dan zei hij: 'Een hond is het trouwste beest ter wereld. En deze hond was de wreker van een misdaad, Ciendy.'
Nog dagen nadien had Cindy gepiekerd over dat verhaal. Het leek toen iedere keer of er vanuit een verre, schimmige tijd een hond te voorschijn kwam, heel langzaam kwam hij naar haar toe op zijn grote, geruisloze poten, en naarmate hij naderde hoorde ze toch het getik van zijn nagels en toen stond hij voor haar. Hij had een tapijtehuid. Ja, hij was het, Tristan. En ze was ineens niet langer die andere Cindy. En ze vroeg zich af waarom Tristan haar eigenlijk gebeten kon hebben, zij had niemand gedood. En er moest ook niemand gewroken worden. Ze liep er zolang over te piekeren dat mama geloofde dat ze misschien ziek was door al die vreemde

dingen die Ptibram klaarmaakte. Maar Cindy dacht aan Tristan, ze was er graag tegen Ptibram over begonnen, maar ze wist niet goed hoe. Daardoor kwam het dat ze het aldoor weer uitstelde.

Op een keer, toen ze uit de school thuiskwam, was mama thuis. Dat gebeurde niet dikwijls. Vanmorgen had mama gezegd dat Ptibram nog sliep. Ze had zich daar geen vragen bij gesteld. Ze vroeg meteen naar Ptibram. Mama negeerde haar vraag. Nu zag ze dat mama geschreid had. Ze keek weg van haar toen ze haar kleren weghing, het lukte haar niet naar mama's ogen te kijken. Ze vroeg niets meer, mama zou er wel zelf over beginnen, hoopte ze. Ineens zei mama dat Ptibram niet naar huis zou komen. Cindy kon eerst niet reageren, maar voelde hoe haar hele lichaam plotseling gespannen was. Toen zei mama dat er familie van Ptibram naar Parijs was gekomen, en Ptibram was naar ze toe gereisd. Cindy vond het vreemd dat mama daarom schreide, maar misschien... ze durfde niet verder te denken. Zonder het te willen vroeg ze toen: 'Ptibram komt toch terug, mama?' 'Ja natuurlijk,' zei mama heftig, 'wat dacht je wel, dom kind!' Maar terwijl ze die woorden uitsprak, greep ze Cindy's hoofdje vast en drukte het tegen zich aan. Ze snikte hard. Cindy vreesde meteen, onbewust, dat Ptibram niet zou terugkeren. Inplaats daarvan vroeg ze waarom hij geen afscheid van haar had genomen. Mama zei toen dat het allemaal erg vlug was moeten gaan. 'Een telegram uit Parijs, gisteravond.' Had Cindy de bel niet gehoord? Ze hadden samen bij haar bed gestaan vanmorgen, maar ze sliep zo mooi dat Ptibram haar niet had willen wekken. Hij had haar een kus gegeven, maar ze had alleen maar geglimlacht in haar slaap. Toen was hij weggegaan. Hij zou toch terugkomen, natuurlijk zou hij dat! Cindy was boos op zichzelf. Ze had haar ogen moeten opslaan, vanmorgen, toen Ptibram haar die kus gaf... Maar waarom had mama haar zonder uitleg naar school laten gaan? Waarom had ze gezegd dat Ptibram nog sliep? 'Omdat het allemaal moeilijk uit te leggen was', zei mama. 'En je weet, kind, hoe nerveus ik 's morgens vaak ben.'

De volgende dagen verliepen voor Cindy én mama in gespannen wachten en vragen. 'Komt Ptibram vandaag terug?' 'Nee.' 'Wanneer komt hij dan?' Mama zei altijd weer: 'Heel binnenkort. Een beetje geduld, kindje. Ik verwacht iedere dag een brief van hem.' Maar na een paar dagen wond ze zich op. Ze vloekte er zelfs bij. Cindy ging dan stilletjes op haar kamer zitten schreien, met Aisja in haar armen. Ze praatte ook niet meer met Aisja, ze wist dat het toch geen zin had. Er kwam een brief uit Parijs. Hij was in het Frans geschreven. Mama las hem voor en vertaalde hem. Ptibram had zijn familie gevonden. Hij zou heel binnenkort terugkeren. Zodra die zaak geregeld was. Over welke zaak had hij het, wilde Cindy weten. 'Och', zei mama, 'je zal het nog niet kunnen begrijpen, kind, ik begrijp het ook niet helemaal... In Ptibrams land bestaan erg ingewikkelde gebruiken. En hij gaat daarop in, dat snap ik niet van hem. Hij woont al zoveel jaar in ons land. En dan beweert hij ook nog dat hij van ons houdt. Ik heb hem gezegd dat hij niet genoeg van ons houdt, maar nee, dat is het niet, zegt hij. Hij zegt dat hij het me niet kan uitleggen...' Mama zweeg even, alsof ze moest vechten tegen haar tranen. Ineens zei ze, haast nijdig: 'Hij moet het niet uitleggen, hij komt toch terug!' Cindy keek mama gespannen aan. Haar ogen waren wijdopen en ze glansden een beetje. Weer had ze even het gevoel dat dit alles een vreemde, die andere Cindy, overkwam.

Cindy begreep inderdaad niet alles wat mama haar later toch uitlegde. Maar ze begreep er genoeg van om te vrezen dat ze Ptibram misschien niet zou terugzien. Mama zei weer dat zijn familie naar Parijs was gekomen. Helemaal vanuit dat witte dorp, ginder ver in Algerije. Zijn oudste broer was daar gestorven en die was het hoofd van de familie geweest en daarom moet Ptibram nu terugkeren naar zijn land, want die familie was nu zonder vader achtergebleven, begrijp je dat, kind? 'Hij moet het op zich nemen om die hele familie te onderhouden. En zijn broer heeft vijf kinderen en een vrouw...' 'Maar hij moet toch ook voor ons zorgen,' meende Cindy, maar mama ging daar niet op in. Cindy zag dat ze aarzelde om verder te vertellen. Mama zei toen, op een toon alsof ze het zelf niet geloofde: 'Ptibram beweert dat het gebruik in zijn land wil dat hij trouwt met de weduwe van zijn oudste broer en dat hij zorgt voor haar kinderen en ook voor zijn andere broers en zusters.' 'Ook voor Aisja?' vroeg Cindy meteen. Mama zuchtte. 'Nee', zei ze, en ze keek naar Cindy net of ze wist dat deze het niet begrepen had, 'Aisja is al getrouwd. Ptibram beweert dat het allemaal heel moeilijk is. Als hij niet met zijn schoonzuster trouwt, wordt die uit het dorp gestoten en hebben ook haar kinderen geen rechten meer, misschien zullen ze van honger omkomen. Maar Ptibram zal ze geld geven, ik heb hem ook geld van ons meegegeven. Hij zal terugkeren, Cindy, hij heeft het beloofd. En dan zal hij met me trouwen. Maar eerst moet hij die zaak regelen. Hij zegt dat hij een andere man zal vinden voor zijn schoonzuster. We moeten hem geloven, kind. Hou jij ook veel van hem?' 'Ja mama, ik hou ook veel van hem.'

Wéér een paar dagen later kwam er een brief uit Parijs. Stuntelige grote letters op de envelop. Cindy vond hem toen ze uit de school thuiskwam, mama was er nog niet. Ze nam de brief op en legde hem voor haar op tafel en zat met gevouwen handjes naar die brief te kijken. Zo vond mama haar. Mama greep driftig de brief vast, scheurde hem open, werd spierwit en moest even op de canapé gaan zitten. 'Wat schrijft Ptibram, mama?' vroeg Cindy met een ijl stemmetje. Mama reageerde eerst niet. 'Het is Frans', zei ze alsof ze tegen zichzelf sprak. Cindy stond heel dicht tegen haar aan en keek aandachtig naar haar gezicht. Naar haar ogen. Mama ademde heel moeilijk, alsof ze ieder moment kon gaan stikken, ze moest de lucht van heel diep ophalen en als ze die uitademde piepte hij in haar keel. Ze keek naar Cindy alsof die er niet stond. 'Hij schrijft...', zei ze...'hij schrijft... dat het allemaal in orde komt. En dat hij zal terugkeren. Maar dat het nog een tijdje kan duren.' Plots stond ze op en stapte driftig naar de keuken. Cindy bleef naast die canapé staan, weer was het alsof niet zijzelf daar stond. Ze hoorde onderdrukt gesnik in de keuken. Toen keek ze naar de brief, die op de canapé was blijven liggen. Ze haalde hem uit de envelop. Dezelfde stuntels van letters. De brief was inderdaad gesteld in het Frans. Ze kon hem niet lezen. Ze vouwde hem weer dicht en stak hem in de envelop. Ze stond daar nog roerloos naast die canapé toen mama terugkeerde. Mama had geweend, haar ogen waren rood.

Cindy had geen zin om eten aan te raken. Ze zei dat ze geen honger had. Er zaten tranen ergens diep in haar lichaam en die moesten uit haar weg raken, naar buiten. Maar ze zaten te diep in haar keel en hoe ze ook slikte, ze raakten maar niet weg. Mama zei toen dat ze het met zijn beidjes toch goed zouden hebben. Ze zei weer dat Ptibram zou terugkeren. Cindy was opeens overtuigd dat mama loog, ze probeerde het te zien aan haar ogen, maar die stonden hard. Mama schreide ook niet meer. Ze bracht Cindy naar bed, dat deed ze de laatste tijd weer geregeld, al had ze vroeger eens gezegd dat een meisje van tien niet meer toegedekt moest worden. Ze zat lange tijd op Cindy's bed. 'Hij moet terugkeren, kindje,' zei ze, 'hij moet terugkeren.' En toen ineens, met een stem die klonk als een langgerekte gil: 'Hij wilde al de tijd dat ik mijn werk in dat cafeetje liet schieten, hij was verdomme zo jaloers als de pest. Hij moet terugkeren, hij moet terugkeren.' En daarna, met een harde trek om haar mond: 'Als je veel meemaakt, leer je verdomme hard zijn. Maar soms is het me te machtig.' Ze stond op, gaf Cindy een nachtzoen en deed het licht uit. Cindy hoorde haar snikken samen met haar de trap afdalen. Ineens was ze overtuigd dat in de brief gestaan had dat Ptibram niét zou terugkeren. En totdat ze sliep bad ze: 'Goede God, laat Ptibram terugkeren.' Ze bad zelfs tot Allah. 'Allah akbar', bad ze, 'Allah akbar', altijd maar weer 'Allah akbar'...

's Anderendaags had Cindy de indruk dat ze niet echt meer leefde. Mama had vreselijke wallen onder haar ogen, Cindy zag meteen dat ze niet geslapen had. Ze zat in mama's wagentje en keek zonder iets te zeggen door het raampje. De bekende straten. De viaduct onder de snelweg door. De nieuwe kliniek. De spoorweg met het rode licht dat plotseling knipperde, waarna mama opeens gas gaf. De rinkelende bel net toen ze over de sporen dokkerden. Ze zag het allemaal wel, maar ze keek eigenlijk de hele tijd naar haar eigen gezicht in de ruit. Ze zei tegen haar gezicht dat Ptibram moest terugkeren. Ze zei ook tegen zichzelf dat ze gelóófde dat hij zou terugkeren. Voor haar, Cindy. Als je maar geloofde, konden er wonderen gebeuren, dat beweerde juffrouw. Mama zei wel dat Ptibram zou terugkeren, maar ze twijfelde omdat ze verdrietig was. Cindy was ook verdrietig, maar ze zei tegen haar gezicht in de ruit dat ze weigerde te twijfelen. Ptibram zou terugkeren en Cindy zou op hem wachten. Zo zei ze het de hele tijd tegen zichzelf. Ptibram was zo trouw als die hond uit zijn verhaal... Maar toen ineens dacht Cindy aan Tristan: die had haar toch gebeten...Maar zij was toen ontrouw geweest tegenover hem, zo was het. Toen ze bij de verkeerslichten de weg naar de school opdraaiden, twijfelde ze toch weer: ze geloofde plots niet helemààl dat Ptibram zou terugkeren. Later zat ze in de klas net of er niets gebeurd was. De juffrouw stelde vragen en Cindy antwoordde en stak haar vinger op net als anders. En nadien was er speeltijd en ze speelde met haar vriendinnetjes mee, ze sprongen touwtje omdat dit spel net aan de beurt was. En daarna zaten ze wéér in de klas en de tijd ging voorbij. Af en toe, heel stiekem, was er een gedachte aan Ptibram, maar Cindy duwde ze weg uit angst dat ze weer zou gaan twijfelen, of dat iemand, de juffrouw, de kinderen, iets aan haar zouden merken. Zo werd het middag, woensdagmiddag. Cindy stapte op de schoolbus en probeerde de hele tijd niet aan Ptibram te denken, maar hoe meer ze het probeerde, hoe minder het lukte. Toen ze thuiskwam was ze overtuigd dat Ptibram niet meer terug zou keren.

Mama had het eten voor haar klaargezet. Koffie. Brood. Een pasteitje. Cindy vulde een kop met koffie en at alleen het pasteitje op. Mama zou boos zijn omdat ze de boterhammen had laten liggen, maar ze had weer geen trek in eten. Daarna ging ze naar haar kamertje. Ze zag de lappenpop Aisja in het stoeltje zitten en ineens werd ze gegrepen door een razernij waar ze geen raad mee wist. Ze rukte de pop uit het stoeltje en zette er haar tanden in, scheurde de lappen stof eraf, spuwde ze naast zich neer, op het bed, overal in de kamer, ze kreeg een kleffe smaak in de mond, maar beet weer in de pop, binnenin zat er iets dat leek op schaafkrullen, maar het was veel stoffiger, Cindy kreeg het op haar kleren maar daar lette ze niet op, ze scheurde al die veelkleurige lappen stof met de tanden van elkaar en was er tevens verwonderd over dat het zo gemakkelijk ging, net of die stof verstorven was en daardoor niet meer zo sterk. Tenslotte bleef nog enkel het poppekopje over met de twee kraaloogjes en het mondje dat nog altijd naar haar lachte, ze gooide het op de grond en trappelde erop en toen ging haar woede een beetje over, ze bekeek de verwoesting die ze rondom zich had aangericht en ging op de rand van het bed zitten. Het was net of ze voor zich zag hoe ze zopas tekeer was gegaan; ze zag vele handen en voeten die op en neer gingen en in haar hoofd leek het allemaal rood, alsof daarbinnen een vuur brandde en ze stond ineens recht, liep naar de lade waarin ze haar poppen bewaarde en gooide de poppen één voor één in de kamer rond, nam vervolgens Harlekijn in haar handen, keek naar zijn verdrietig smoeltje en was opeens zo boos op hem dat ze de kop keihard tegen de muur sloeg. Harlekijn keek nog even verdrietig, maar er was een stuk uit zijn gezichtje van steen, dat nu ook uit de kleren was gescheurd. Ze gooide de Harlekijnkop in de kamer en luisterde even naar het harde tikkeren van de kop op de vloer. Toen zag ze daar allemaal witte bloembladen liggen en van Harlekijns kopje was niets meer over. Kaarsrecht zat ze daarna op het bed temidden van de ravage en keek afwezig naar haar naaiwerk op de schoorsteenmantel. Het was een lapje stof met een bloemmotiefje, juffrouw had gezegd dat de meisjes daar vanmiddag aan moesten werken. Ze stond op en nam het vast. Ze voelde meteen een stekende pijn in haar vinger. Een bloeddruppel. Ze liet het lapje vallen en zat even met haar vinger in de mond. Zoog het zoeterige bloed op. Wachtte. Er kwam meteen een tweede druppel bloed te voorschijn. Toen keek ze neer op al die lapjes kleurige stof, nam het sneeuwwitte pakje van Harlekijn en de beentjes van steen vast en probeerde naast de zwarte bollen een rode bloedbol te maken. Maar na de eerste vlek bloedde haar vingertje niet meer. Toen begon ze langzaam, als bedachtzaam, al die gekleurde lapjes op te rapen. Het laatst de harde bloemblaadjes van Harlekijn.

Toen ze alles opgeruimd had, ging ze weer even op het bed zitten. Ze had een hol gevoel in de maagstreek. 'Honger', dacht ze. Maar ze had geen zin om iets te gaan eten. Ze wachtte nog even, stond toen op en ging langzaam de trap af. Zonder ergens aan te denken ging ze naar de keuken. Ze opende het medicijnkastje en deed het weer dicht. Keerde terug naar de woonkamer. Stond eventjes stil te kijken naar de tuin. Ging dan weer de trap op naar mama's slaapkamer. Op het nachttafeltje zag ze het gele doosje staan. Slaaptabletten. Mama nam er geregeld. Meteen, terwijl ze ermee in de handen stond, herinnerde ze zich Doornroosje. Die was in slaap gevallen nadat ze zich aan een weefgetouw geprikt had. Maar Cindy voelde zich helemaal niet moe. Ze keek naar haar vinger. Op de plek van het prikje was er een beetje gestold bloed, ze maakte een bloedvlekje op het gele etiket toen ze het doosje in haar andere hand nam. Ze likte er aan en het bloed was weg. Ze nam het doosje pilletjes mee naar haar kamer. Goot de hele inhoud uit op haar hand. Kleine witte pilletjes. Ze voelden koud aan. 'Ik moet er genoeg nemen', dacht ze, 'om honderd jaar te kunnen slapen.' Ze overwoog of ze de pilletjes zou tellen. Ze ging weer naar beneden. In het medicijnkastje vond ze nog twee dergelijke doosjes. Ze nam ze ook mee naar haar slaapkamer. Als ze nu alles ineens nam, zou ze in ieder geval lang genoeg slapen. En in die tussentijd zou de prins komen. De prins. Welke prins? Ze kon zich die prins maar niet voorstellen. Ze deed even de ogen dicht omdat ze dacht dat ze iets als slaap voelde. Meteen zag ze het benige, strenge, maar even nadien tot een glimlach omhoogplooiend gezicht van Ptibram. Tegelijk ook zag ze de lappenpop Aisja. Ze deed bruusk haar ogen weer open. Op de vloer lag nog wat schaafsel. Ze sprong van het bed af om ook dat op te rapen. Ze moest het doen met één hand, in de andere had ze nog steeds de pilletjes. Die voelden al wat kleverig aan. Terwijl ze het zaagsel met de vingertoppen probeerde vast te nemen, dacht ze dat ze op die manier nog iets kon goedmaken. Maar ze wist niet wat. Daarna zat ze weer op het bed, schudde de inhoud van de andere twee doosjes ook op haar hand uit, probeerde enkele pilletjes door te slikken. Ze bleven ergens in haar keel steken, ze rochelde. Ze sprong weer uit het bed, liep naar de slaapkamer en vulde een groot glas water. Telkens stak ze enkele pilletjes in de mond, nam een slokje water en slikte door. Ze telde erbij, maar raakte al vlug de tel kwijt en nam verder mechanisch pilletjes en een slok water. Toen ze de drie doosjes op die manier leeggemaakt had, was ook het glas leeg. Het holle gevoel in haar maag was er nog steeds, en ze voelde binnenin nu ook de koelte van dat water. Als ze wat over en weer zou schommelen, zou ze golven horen klotsen in haar maag. Ze deed het niet, misschien zouden de pilletjes daardoor niet werken. Ze ging nu heel netjes op haar bed liggen, zoals ze vermoedde dat een prinses lag. Ze deed haar benen tegen elkaar, streek haar jurkje glad over haar benen, legde haar armen stijf naast haar lichaam. Even nadien deed ze de armen over haar borst en bedacht dat ze misschien ook enkele bloemen had moeten plukken en die in haar handen houden. Die zouden dan ook honderd jaar lang bloeien. Maar ze was al te slaperig om nog op te staan. Erg was dat toch niet, dacht ze toen, dat van de bloemen, de prins zou bloemen meebrengen, een bos rozen zoals Ptibram voor mama meehad, en hij zou die op haar bed leggen. De prins zou haar wel meteen herkennen. En weer vroeg ze zich af, maar heel in de verte al, het was of ze ergens naartoe liep en voelde dat ze er nooit zou aankomen, weer vroeg ze zich af hoe die prins er zou uitzien. En de hele tijd zag ze alleen maar Ptibrams gezicht voor zich, zijn benige gezicht dat nu boven het bed zweefde, zonder lichaam, precies als die kop van Harlekijn; dat gezicht bleef daar zweven en het keek heel treurig, er liep een traan uit het ene oog en die stolde op de wang, maar even nadien lachte dat gezicht toch weer naar haar. En Cindy geloofde, maar weer heel in de verte, nog verder dan daarnet, dat ze nu al jaren geslapen moest hebben, want dat gezicht boog zich over haar heen, de lippen waren dun maar openden zich, ze waren dicht bij haar lippen, ze zouden haar meteen kussen, heel lang, en zij zou wakker worden en uit het bed springen en alles zou heerlijk zijn, en die lippen kwamen nog dichter bij de hare, heel dicht, en toen ze hun druk op de hare meende te voelen en al glimlachte van geluk, voelde ze ineens ook dat die lippen ijskoud waren, ze huiverde ervan en het was net of de kou vanuit die lippen verder ging, langs haar hals naar beneden, haar hele lichaampje door.

VAN WILLY SPILLEBEEN
IS BIJ DEZELFDE UITGEVER VERKRIJGBAAR:

In vele Staten

De Vlaamse auteur Willy Spillebeen verbleef vier seizoenen in de USA als eerste *writer in residence* van de Vlaamse Gemeenschap. Het relaas van zijn Europese vooroordelen en Amerikaanse ervaringen, van zijn ontmoetingen en bedenkingen als buitenlander en als docent, spreker en zwerver (in Madison, aan de University of Wisconsin en elders in de Verenigde Staten en Canada) verwerkte hij persoonlijk, soms knorrig maar veel vaker enthousiast in YOU'RE WELCOME *In vele Staten*. Een boeiende confrontatie, voor de schrijver én voor de lezer. Niet een boek van een zelfbewust 'kenner', maar van een vaak onbevangen 'verkenner'.

De levensreis van een man

Voor zijn hoofdfiguur en verhaalsmaterie inspireerde Willy Spillebeen zich in grote lijnen op de *Aeneïs*, het epos in twaalf zangen van Vergilius, die zich op zijn beurt had gebaseerd op Homerus' *Odyssee* en *Ilias*. De kernproblematiek, de tragiek tevens van Spillebeens Aeneas, ligt in de verscheurende keuze die hij moet maken tussen zijn liefde voor de Carthaagse koningin Dido en zijn verantwoordelijkheid als leider van het Trojaanse volk.
De levensreis van een man behoort tot de hoogtepunten in het werk van Willy Spillebeen.

C.I.P. KONINKLIJKE BIBLIOTHEEK ALBERT I

Spillebeen, Willy

Doornroosjes honden / Willy Spillebeen. – 8ste druk. – Antwerpen ; Amsterdam : Manteau, 1992. – 96 p.; 20 cm. – (Grote Marnixpocket; 259).
ISBN 90-223-0897-9
Doelgroep: Proza
NUGI 300

DRUK SMITS WOMMELGEM – ANTWERPEN